方怡哲、林春梅、林麗紅、曾子玲、曾玉惠、
黃韻靜、楊淑雯、蔡美端、戴伶娟——編著

中文閱讀
與表達

五南圖書出版公司 印行

凡例

一、本書是因應大學國文課程需要而編定，以增進學生語文知識，提升閱讀、思考、欣賞、寫作、應用等能力為教學目標。

二、教材內容以文學作品選讀為主，應用文為輔。文學作品選讀分成六個單元，包括「生命省思」、「親情教養」、「社會關懷」、「生活美學」、「性別與愛情」及「飲膳與行旅」；「應用文」則包括概說、書信、企劃文書與履歷自傳。

三、教材內容以文學作品選讀為主，應用文為輔。文學作品選讀分成六個單元，包括「生命省思」、「親情教養」、「社會關懷」、「生活美學」、「性別與愛情」及「飲膳與行旅」；「應用文」則包括概說、書信、企劃文書與履歷自傳。

四、每課課文之前都編有「導讀」、「作者」。「導讀」說明課文的出處、段落大意、文學技法、文章評價等。「作者」簡要介紹作者的生平事蹟、著作、作品風格與成就，或是作家的思想特色，以便於讀者掌握課文的創作時代與作家背景。

五、課文後面附有「注釋」與「問題討論與習作」。「注釋」視文章內容需要，提供適當的詞語解釋及說明；「問題討論與習作」則為提高學習成效，提供課堂師生互動與同學習作的參考依據。

六、應用文教材，所選單元以普遍性、實用性、切合時代及學生之需求為原則。

七、書末附有全書六個單元的學習單，可供即時呈現學生於課堂上分組討論、創意思考或書寫表達的成果。

前言

在人類歷史的演進過程中，「創新」與「保守」，「變」與「不變」，一直是相互激盪的兩種思維抉擇。在常人的思維習慣中，總以為「創新」「改變」等如「改革」「進步」，「保守」、「不變」意味著「因循」「落後」，然天下事複雜萬端，其內在因果脈絡各自不同，「變」與「不變」的邏輯原理並非可以簡單論定。

進而言之，文化、教育是人類生命經驗與智慧的結晶，它的形成演變，自有因果上的必然邏輯與自然節奏，實不宜以人力勉強操控。除非有深謀遠慮的洞見，靈活有機的配套措施，以及整體成熟的社會條件，否則強行在文化、教育的結構面，來個大角度的瞬間逆轉，其帶來的後果，恐怕不是興利除弊，反而是場難以收拾的大災難。此如：五四運動固有啓蒙新文化之功，但「全盤西化」、「將線裝書扔進茅坑」、「打倒孔家店」等言行，無異視傳統文化為敝屣，造成國人思想上的真空錯亂。再如二十世紀五〇年代，大陸進行所謂「文化大革命」，形成政治鬥爭宰制文化教育的歷史荒謬劇，也為其日後人文發展遲緩種下遠因。可見文化、教育之變革須計慮再三，審慎為之。

時至今日，本校同仁面對自編國文教材任務，也有類似戒慎恐懼的心情。此因若不自編教材，恐貽人不知革新改進之譏，然所編教材若無法後出轉精，超越前人，又何必狗尾續貂，多此一舉？幾經討論，盱衡當前大學國文教育環境江河日下，已到必須有所因應地步，茲將所知問題略陳如後：

1.自教育政策改弦更張，普設大學以後，大學生俯拾皆是，素質難免參差不齊，國文程度優者固不乏人，但中下根者亦多如過江之鯽，「學歷」不等於「學力」，大學生國文程度低落，已是眼前分明存在的事實。

2.受近年來功利速食風尚影響，傳統「經世濟民」的士人理想蕩然無存，「知識經濟」口號響徹雲霄，知識淪為商品，一切向生產看齊，國文非關產能，難免淪為主事者心中的「雞肋」，頂多象徵性聊備一格，何曾真正關心？

3.電腦資訊時代來臨，新新人類自幼與電視電腦為伍，網路語言盛行，致與圖像化思維親近，相對與閱讀性思維睽遠，學生定力不足，不耐有深度內涵的文化課程。復因少子化現象嚴重，子女個個是父母的心中寶，溺愛程度有增無減，其每天上網次數遠多於閱讀次數，既未有足夠時間在國文情境中涵養薰陶，又何能冀望有深厚的文化素養？

4.大學國文教育適處於學生國中、高中六年升學壓力總體解放之後，其當初學習國文，若只為應付學測、聯考，勢難含英咀華，品味文化芬芳。故今就讀大學，心態本應由「他律學習」改為「自律學習」，便可重拾讀書樂趣。問題是，前此六年升學桎梏一旦解放，大學生宛如脫韁野馬，身心過度放縱，竟日沉迷電腦網路世界，晝夜顛倒，生活秩序嚴重錯亂，喪失明確學習目標，此為當今各大學普遍呈現之難題。

5.更有甚者，便是少數專家學者失衡教育理念之誤導。某著名學者曾主張：「只要網路上查得到的東西，都不必記誦。」即言之，只要網路上查得到孔孟老莊、詩詞曲賦、典故成語，那麼這些天地精華、人文薈萃，便都無須學子吟哦記誦。我們當知：一家一地乃至一國文化之養成，在在需要時間、生命的長期積累，才能根深葉茂，綠樹成蔭。倘國人連自己的文化精髓都不復吟哦記誦，那麼一種活活潑潑、生意盎然的文化活水，便無法在吾人的土地隨機發用，難以在日用平常的生活現場自然流行，這必等如宣告文化的死刑。我們樂見電腦網路提供便捷的資訊流通，但對「網路瀏覽」取代「正常學習」的錯誤偏見，則萬萬不能苟同。

6.最後，我們必須承認，中國文化流傳五千年，其範圍彌天蓋地，無所不包，前人長遠的生命史與豐富生活經驗，若不能有效去蕪存菁，對當代學生無異是沉重的學習負擔，入乎其內、出乎其中的大學國文教師，理應對悠悠五千年文化內涵知所檢擇，其屬文化精華者，固當用心承傳，期使流之長遠，至若文化糟粕，何妨讓之隨時間以俱去，何苦執著不捨，繼續作難後人？

本於如上理念，吾等身在大學國文教育的最前哨，目睹學生國文程度江河日下，豈能視若無睹，無所作為？自編大學國文教材（書名「史文閱讀與表達」），儘管未必是挽救國文程度的萬靈丹，然憑藉自編教材機緣，借重同仁在大學任教的寶貴經驗，及現場教學對學生身心情境的理解，籌編一套相對能照顧同學身心靈問題的教材，誠不失為改善大學國文教育的起點。幾經溝通商討，本教材編輯原則乃告確定，其詳如下：

1. 文體篇章比例相對原則。
2. 朝代比例相對原則。
3. 古文白話相對原則。
4. 教材內容、性質適度區隔、避免同質重複原則。
5. 教材內容適合現代學生年齡、心理原則。
6. 教材內容具經典典範意義原則。
7. 教材內容與篇幅長短適中原則。
8. 教材內容富教育啓發性原則。
9. 教材內容與高中職國文教材銜接原則。
10. 教材內容清新健康、能與時代接軌。

如今自編教材任務完成，如何在整體社會環境不利國文教學的現實下，持續給出關愛熱誠，更實質考驗著同仁作育後進的初衷。若回歸先前「變」與「不變」的思維抉擇，那麼我們可以說，教學方法、乃至教材之抉擇選用，隨時可依學生素質、教學情境做適當之調整，這是教育工作者因時制宜應有的「變通」，至於「不可變」、「不能變」的，永遠是流淌在教師身心血液裡的樹人理想與教育之愛吧。

目錄

凡例 (3)
前言 (4)
【生命省思】 001
第一課　養生主／莊周　002
第二課　刺客列傳／司馬遷　009
第三課　定風波／蘇軾　016
第四課　三個小故事／王溢嘉　019
第五課　不識／張曉風　025
【親情教養】 035
第一課　鄭伯克段于鄢／左傳　036
第二課　濰縣署中與舍弟墨第二書／鄭燮　043
第三課　感憶／沈光文　047
第四課　貧賤夫妻／鍾理和　050
第五課　生日／李黎　066

【社會關懷】 073
第一課 東門行/佚名 074
第二課 茅屋為秋風所破歌/杜甫 076
第三課 山坡羊驪山懷古/張養浩 079
第四課 病梅館記/龔自珍 081
第五課 李花村/李家同 085
第六課 母與子/張錯 095

【生活美學】 105
第一課 投給春天/余光中 106
第二課 瓷碗/洪素麗 110
第三課 灰色的重量/張小虹 117

【性別與愛情】 123
第一課 詩經選 124
靜女/佚名 124
擊鼓/佚名 126
第二課 山鬼/屈原 129
第三課 志怪小說選 134
韓憑夫婦/干寶 134

第四課　陽羨書生／吳均　136
第四課　世說新語選——許允婦／劉義慶　140
第五課　一個冰冷的早晨／莫那能　145

【飲膳與行旅】　153
第一課　和子由澠池懷舊／蘇軾　154
第二課　愛玉凍歌之二／林資修　157
第三課　鯽潭月夜泛舟／章甫　161
第四課　走過箭竹草原／劉克襄　163

【應用文】　171
應用文概說　172
書信　177
企劃文書　186
履歷自傳　198

【學習單】　210

生命省思

第一課　養生主／莊周

第二課　刺客列傳／司馬遷

第三課　定風波／蘇軾

第四課　三個小故事／王溢嘉

第五課　不識／張曉風

第一課　養生主

莊周

導讀

本文選自《莊子．內篇》中的第三篇，主旨在說明如何護養「生主」。「生主」亦即生命之主，指人的天性而言。篇中提出護養天性的方法莫過於順任自然，如此才能不為外物所滯，避開人事的重重糾葛，使心靈獲得真正自由，最終達到超脫生死的境界。

全文共分六段：首段以「緣督以為經」作為全篇的總綱，指出為人處世當秉承中虛之道，順應自然的變化與發展；第二段藉「庖丁解牛」的寓言，形象地說明在複雜紛擾的社會中，如何才能遊刃有餘，其要在於「依乎天理」、「因其固然」；第三段寫右師殘一足為自然之貌，說明要知天安命，體認形骸之殘缺，並無損於天性之純全；第四段寫水澤中的野雞，雖辛苦覓食也不願被關在籠中，以隱寓精神自由的可貴；第五段以秦失弔唁老聃的故事，說明人常被哀樂之情所困擾，當安時處順，才能達觀看待生死問題；末段以薪盡火傳為喻，說明形體是暫存的，終究會消失，只有精神生命可以長存不朽。

〈養生主〉一文，採用「總提分敘」的佈局。除了首段總提主旨外，通過四則寓言來闡明主旨。文章最後又以比喻總結前文，力鎖全篇。綜觀全文，以大筆起，以大筆收，開頭和收束皆有千鈞之力，而中間的寓言故事，緊扣全篇宗旨，設想奇特，妙意環生，有如群巒起伏，互生光輝。

作者

莊子，名周，戰國時宋國蒙（今河南省商丘市東北）人，大約生於周顯王四年（西元前三六五年），卒於周赧王二十五年（西元前二九〇年），年七十五。《史記‧老莊申韓列傳》說他曾為漆園（今山東省菏澤市北）吏，學博而識高，楚威王聞其名，遣使禮聘為相，莊子以不為祭祀之犧牲，辭不就任。著有《莊子》一書。今存《莊子》共三十三篇，分為「內篇」七、「外篇」十五、「雜篇」十一。各篇的真偽，後世眾訟紛紜，近代學者多以為「內篇」出莊子之手，「外篇」、「雜篇」則大都為弟子後學所作。

莊子為道家學派的主要代表人物，其學上承老子，以道為自本自根、無為無形、無始無終、無所不在，主張順應自然、虛靜無為、萬物一體的思想。莊子的文章，劉大杰《中國文學發展史》評說：想像豐富，具有驅使語言的高度表達能力，造句修辭，瑰奇曲折，如行雲流水一般，創造一種特有的文體。採用各種論辯的方法，然無不雄奇奔放，峰巒迭起，汪洋恣肆，機趣橫生。使用豐富的語彙、倒裝重疊的句法、巧妙的寓言、恰當的譬喻，使他的文章，顯得格外靈活，具有獨創性。

課文

吾生也有涯，而知也无涯[1]。以有涯隨无涯，殆已[2]。已而爲知者[3]，殆而已矣。爲善无近名，爲惡无近刑[4]。緣督以爲經[5]，可以保身，可以全生[6]，可以養親，可以盡年。

庖丁[7]爲文惠君[8]解牛，手之所觸，肩之所倚，足之所履，膝之所踦[9]，砉然嚮然[10]，奏刀騞然[11]，莫不中音。合於〈桑林〉之舞[12]，乃中〈經首〉之會[13]。文惠君曰：「譆[14]！善哉！技蓋[15]至此乎？」庖丁釋刀對曰：「臣之所好者，道也，進乎技矣。始臣之解牛之時，所見無非牛者，三年之後，未嘗見全牛也。方今之時，臣以神遇而不以目視[16]，官知止而神欲行[17]，依乎天理[18]，批大郤[19]，導大窾[20]，因其固然[21]，技經肯綮[22]之未嘗，而況大軱[23]乎！良庖歲更刀，割也。族庖[24]月更刀，折[25]也。今臣之刀十九年矣！所解數千牛矣，而刀刃若新發於硎[26]。彼節者有間，而刀刃者无厚[27]；以无厚入有間，恢恢乎[28]其於遊刃必有餘地矣，是以十九年而刀刃若新發於硎。雖然，每至於族[29]，吾見其難爲，怵然[30]爲戒，視爲止，行爲遲，動刀甚微，謋然[31]已解，如土委地。提刀而立，爲之四顧，爲之躊躇滿志[32]，善刀[33]而藏之。」文惠君曰：「善哉！吾聞庖丁之言，得養生焉。」

公文軒[34]見右師[35]而驚曰：「是何人也，惡乎介也[36]？天與，其人與[37]？」曰：「天也，非人也。天之生是使獨[38]也。人之貌有與也[39]，以是知其天也，非人也。」

澤雉十步一啄，百步一飲，不蘄畜乎樊中[40]。神雖王[41]，不善也。

老聃[42]死，秦失弔之，三號而出[43]。弟子曰：「非夫子之友邪？」曰：「然。」「然則弔焉若此，可乎？」曰：「然。始也，吾以爲其人也，而今非也[44]。向[45]吾入而弔焉，有老者哭之，如哭其子；少者哭之，如哭其母。彼其所以會之，必有不蘄言而言，不蘄哭而哭者[46]。是遁天倍情[47]，忘其所受，古者謂之遁天之刑[48]。適來㊾，夫子時也；適去，夫子順也。安時而處順，哀樂不能入也。古者謂是帝之縣解㊿。」

指窮於爲薪，火傳也，不知其盡也[51]。

注釋

❶吾生也有涯，而知也无涯　此處「知」有兩種解釋：一指「知識、學海」，二指「心知情識的主觀執著」。換言之，依第一種解釋，可解為：我們的形軀生命有限，但天底下的知識技能卻無盡無邊。若依第二種解釋，便可解為：我們的形軀生命有限，但心裡主觀意識的慾望、執著卻無盡無邊。

❷以有涯隨无涯，殆已　此處同樣有二解：⑴以個人有限的生命，去追求知識技能無止盡的滿足，結果必然是疲困不堪的；⑵以個人有限的生命，去追求慾望執著無止盡的滿足，其結果必然是疲困不堪的。殆，疲困之意。已，句末語助詞，同「了」。

❸已而為知者　這樣還要去追求「知識」、「慾望執著」的滿足。已，如此，這樣。為知，指求取「知識」、「慾望執著」的滿足。

❹為善无近名二句　刻意為善無乃近於追求名聲，故意為惡無乃容易招來刑罰。无，無乃，表示委婉的語氣。莊子之意是：執著於為善、為惡都非正道，要超乎善惡、善惡兩忘，才合乎道。

❺緣督以為經　循虛以為常法，亦即順從自然之道。緣，沿著，順著。督，督脈，身背之中脈，所處為虛。經，常。

❻全生　保全天性。生，通「性」。

❼庖丁　廚師。一說名叫丁的廚師。

❽文惠君　舊說指梁惠王。

❾踦　踦，音ㄧˇ，用一隻腳站立。指解牛時，一腳用膝蓋抵住牛，所以僅一腳在地。

❿砉然嚮然　砉然作響。砉、嚮都是狀聲詞。砉，音ㄒㄩ，皮骨互相剝離的聲音。嚮，通「響」。

⓫奏刀騞然　把刀刺進去，發出騞然的聲音。奏，進。騞，音ㄏㄨㄛˋ。騞然，狀聲詞，比砉然的聲音更大。

⓬合於〈桑林〉之舞　配合〈桑林曲〉的舞蹈。〈桑林〉，傳說中商湯王的樂曲名。

⓭中〈經首〉之會　合於〈經首曲〉的音節。〈經首〉，傳說中帝堯時的樂曲名。會，韻律，節奏。

⓮譆　驚嘆聲。譆，同「嘻」。

⓯蓋　通「盍」，何，怎麼。

⓰以神遇而不以目視　用心神去接觸，而不用眼睛去看。遇，接觸。

⓱官知止而神欲行　感官的作用停止，精神活動開始運行。官，耳目等感官。知，主掌。神欲，指精神活動。

⓲天理　天然的紋理，指牛體的自然結構。

⓳批大郤　用刀進擊大的縫隙。批，擊。郤，音ㄒㄧˋ，通「隙」，指筋骨的間隙。

⓴導大窾　把刀引向大的孔隙。窾，音ㄎㄨㄢˇ，孔隙，指骨節間空的地方。

㉑因其固然　順著牛本來的結構而使力。因，依，順。固然，本然，原本的結構。

㉒技經肯綮之未嘗　經絡和筋骨，還沒碰觸。技，當作「枝」，支脈。經，經脈。肯，附在骨頭上的肉。綮，音ㄑㄧㄥˋ，筋肉盤結的地方。

㉓大軱　大骨，即盤骨。軱，音ㄍㄨ。

㉔族庖　一般的廚師。

㉕折　斷，指用刀砍斷骨頭。

㉖新發於硎　指刀子剛從磨刀石上磨出來。發，磨出。硎，磨刀石。

㉗无厚　沒有厚度，形容非常銳利。

㉘恢恢乎　寬廣的樣子。

㉙族　指筋骨交錯聚結的部位。

㉚怵然　驚懼的樣子。怵，音ㄔㄨˋ。

㉛謋然　指牛體分解開來的樣子。謋，音ㄏㄨㄛˋ。

㉜躊躇滿志　悠然自得，心滿意足。躊躇，音ㄔㄡˊㄔㄨˊ。

㉝善刀　擦拭刀子。善，通「繕」，拭。

㉞公文軒　複姓公文，名軒，相傳為宋國人。

㉟右師　官名，指當過右師的一個人。此處另有一解：意指一個執著用心於追求名利權勢的人，在真理的天平上，其執著名利權勢本身就是生命最大的殘缺。

㊱惡乎介也　為什麼受刖刑而跛一足呢？惡，音ㄨ。介，失去一足。也，通「耶」，呢。

㊲天與其人與　是天生造成的呢？還是後天人為造成的呢？其，抑，或者。與，通「歟」，呢。

㊳獨　只有一隻腳。

㊴人之貌有與也　人的形貌是天所賦予。與，賦予。一說：有與，有其同類；指人有兩足。

㊵不蘄畜乎樊中　不求養在衣食無虞的籠子裡。蘄，音ㄑㄧˊ，期求，希望。畜，養。

㊶王　通「旺」，旺盛，飽滿。

㊷老聃　即老子。相傳老子姓李，名耳，字聃，春秋時楚國苦縣人。著書五千言，世稱《道德經》，為道家始祖。

㊸秦失弔之，三號而出　秦失，人名。失，一本作「佚」。相傳為老聃的朋友。號，有聲無泣，意指並非真正傷心。

㊹始也三句　起初我以為老聃是世俗之人，但現在看來，他其實是個生死解脫的得道者，既然如此，我就不必大聲哀號，強欲以世俗人的禮儀標準來祭弔他。其，指老聃。人，世俗之人。

㊺向　剛才。

㊻彼其所以會之三句　他們和死者相會通的時候，一定有不期言而言、不期哭而哭的感應。至於「彼其」到底是指誰，至少有如下二說：⑴說是指哭泣者，即老者和少者；⑵說是指「祭弔者與老子的學生在靈堂上相遇」。會，指心靈的相會通。蘄，通「期」，預期。

㊼遁天倍情　違反自然，背棄真情。遁，逃避。倍，通「背」，背棄。

㊽遁天之刑　違背天理所得到的刑罰。

㊾適來　偶然來到人世。來，指人的出生。

㊿帝之縣解　自然地解除倒懸。縣，通「懸」。莊子之意是：人為生死所苦，猶如倒懸。若能忘卻生死，便能倒懸自解。

51指窮於為薪三句　塗了脂膏的燭薪，雖會燒完，但火卻可傳續下去，沒有窮盡的時候。指，借為「脂」，脂膏。薪，燭薪。古無蠟燭，用動物脂肪塗抹在薪木上燃燒叫作燭，也稱作薪。整句意為：體道者的形軀生命雖會結束，但他遺留在人間的智慧、真理、光明、愛卻可常存人間，沒有窮盡。

問題討論與習作

一、莊子認為處世的基本原則是「緣督以為經」，你是否能認同這種觀點？為什麼？

二、「庖丁解牛」的寓言，形象生動地表達了養生之理，你認為當中最精警的字句是哪些？你個人的體悟是什麼？

三、莊子藉「秦失弔老聃」的故事表達生死若一的觀念，讀完後試說出你對生死的看法。

四、請在三百字以內創作一則寓言，並說出寓意。

第二課　刺客列傳

司馬遷

導讀

本篇為記敘文，節選自《史記．刺客列傳》，記述專諸及豫讓的事蹟，藉以說明刺客的理念與行為。吳國公子光陰養謀臣，想待時機成熟自立為王，對專諸甚為禮遇。其後公子光宴請吳王僚，在酒宴之前，公子光曾對專諸磕頭表明：「光之身，子之身也。」使專諸無後顧之憂。專諸終不負公子光的重託，刺死吳王僚，而他自己也被吳王僚左右所殺。

豫讓感戴智伯的知遇之恩，不惜殘身破相行刺趙襄子為智伯報仇，無奈行跡敗露，行刺未成。最後，豫讓懇求趙襄子脫下衣服，讓他在衣服上刺幾下，聊表其為智伯報仇之意，並言：「吾可以下報智伯矣。」隨即舉劍自殺而死。

《呂氏春秋．觀世》曰：「受人之義而不死其難，則不義。」在戰國時代，士受到知遇和尊重，就會產生相應的報恩理念，以此高揚士義，凸顯士的人格力量。換言之，激勵這些刺客英雄去行刺的力量，就是「士為知己者死」的大義。就〈刺客列傳〉的主旨而言，它所表現的是重義報恩，所彰顯的是義氣。卑微平凡的小人物，憑藉著對義的執著、對感情的忠誠，刺敵報主，其捨身取義的豪情壯舉，在在印記著當時的道德觀念。

司馬遷滿懷著崇仰與無限惋惜的心情，以靈活優美的筆法，生動地刻畫了刺客卑微卻不凡的形象，為他們留下了不朽的人格之美，並為之喝采：「自曹沫至荊軻五人，此其義或成或不成，然其立意較然，不欺其志，名垂後世，豈妄也哉！」

作者

司馬遷，字子長，漢左馮翊夏陽人（今陝西韓城），生於漢景帝中元五年（西元前一四五年），約卒於昭帝始元元年（西元前八六年），年約六十。司馬遷生於史官世家，祖先自周代起就任王室太史，掌管文史星卜。司馬遷十歲起誦讀「古文」，而後隨父司馬談去長安，並從當時著名的經學大師孔安國、董仲舒學習《古文尚書》和《春秋》。二十歲時南遊江淮，開始了他的遊歷生活，足跡遍天下。元封元年，父司馬談卒，遺命勉其著書。二年後，司馬遷繼任父職為太史令，著手整理圖書資料。元封四年，開始撰著《史記》。

武帝天漢二年，李陵率兵勘查匈奴地形，不幸被俘，司馬遷因替李陵辯護，觸怒武帝，被治罪下獄，處宮刑。太始元年出獄，被任命為中書謁者令。從此，他埋首奮發著述，終於完成了「究天人之際，通古今之變，成一家之言」的鉅著——《史記》。

《史記》起自黃帝，下迄漢武，共記載二千五百餘年史事。《史記》的體例有五：「本紀」記敘帝王，「表」繫時事，「書」詳載制度，「世家」記述諸侯，「列傳」誌人物傳記，對後世史學編纂有重大的影響。

司馬遷擅長排比史料，用通俗流暢、生動活潑的文字表述事件的過程及人物形象，寓褒貶於敘事之中，字裡行間灌注了個人的感慨與體驗。《史記》不僅是優秀的史學著作，也是精彩的文學作品，誠如魯迅所言，它是「史家之絕唱，無韻之離騷」。

課文

專諸者，吳堂邑[1]人也。伍子胥之亡楚而如吳也[2]，知專諸之能。伍子胥既見吳王僚，說以伐楚之利。吳公子光曰：「彼伍員父兄皆死於楚，而員言伐楚，欲自爲報私讎也，非能爲吳。」吳王乃止。伍子胥知公子光之欲殺吳王僚，乃曰：「彼光將有內志[3]，未可說以外事。」乃進專諸於公子光。

光之父曰吳王諸樊。諸樊弟三人：次曰餘祭，次曰夷眛，次曰季子札。諸樊知季子札賢而不立太子，以次[4]傳三弟，欲卒致國於季子札。諸樊既死，傳餘祭。餘祭死，傳夷眛。夷眛死，當傳季子札，季子札逃不肯立，吳人乃立夷眛之子僚爲王。公子光曰：「使[5]以兄弟次邪，季子當立；必以子乎，則光眞適嗣[6]，當立。」故嘗陰養謀臣以求立。

光既得專諸，善客待之。九年而楚平王死。春，吳王僚欲因楚喪，使其二弟公子蓋餘、屬庸將兵圍楚之灊[7]；使延陵季子於晉[8]，以觀諸侯之變。楚發兵絕吳將蓋餘、屬庸路，吳兵不得還。於是公子光謂專諸曰：「此時不可失，不求何獲[9]！且光眞王嗣，當立，季子雖來，不吾廢也。」專諸曰：「王僚可殺也。母老子弱，而兩弟將兵伐楚，楚絕其後。方今吳外困於楚，而內空無骨鯁之臣[10]，是無如[11]我何。」公子光頓首曰：「光之身，子之身也[12]。」

四月丙子，光伏甲士於窟室中，而具酒請王僚。王僚使兵陳自宮至光之家[13]，門戶階陛左右，皆王僚之親戚也。夾立侍，皆持長鈹[14]。酒既酣，公子光詳[15]爲足疾，入窟室中，使專諸置匕首魚炙之腹中而進之。既至王前，專諸擘[16]魚，因以匕首刺王僚，王僚立死。左右亦殺專諸，王人擾亂。公子光出其伏甲[17]以攻王僚之徒，盡滅之，遂自立爲王，是爲闔閭。闔閭乃封專諸之子以爲上卿。其後七十餘年而晉有豫讓之事。

豫讓者，晉人也，故嘗事范氏及中行氏[18]，而無所知名。去而事智伯[19]，智伯甚尊寵之。及智伯伐趙襄子[20]，趙襄子與韓、魏合謀滅智伯，滅智伯之後而三分其地。趙襄子最怨智伯，漆其頭以爲飲器。豫讓遁逃山中，曰：「嗟乎！士爲知己者死，女爲說己者容[21]。今智伯知我，我必爲報讎而死，以報智伯，則吾魂魄不愧矣。」乃變名姓爲刑人[22]，入宮塗廁中[23]，挾匕首，欲以刺襄子。襄子如廁，心動[24]，執問塗廁之刑人，則豫讓，内持刀兵，曰：「欲爲智伯報仇！」左右欲誅之。襄子曰：「彼義人也，吾謹避之耳。且智伯亡無後，而其臣欲爲報仇，此天下之賢人也。」卒醳去之[25]。

居頃之，豫讓又漆身爲厲[26]，吞炭爲啞，使形狀不可知，行乞於市。其妻不識也。行見其友，其友識之，曰：「汝非豫讓邪？」曰：「我是也。」其友爲泣曰：「以子之才，委質[27]而臣事襄子，襄子必近幸[28]子。近幸子，乃爲所欲，顧不易邪[29]？

何乃殘身苦形，欲以求報襄子，不亦難乎！」豫讓曰：「既已委質臣事人，而求殺之，是懷二心以事其君也。且吾所爲者極難耳！然所以爲此者，將以愧天下後世之爲人臣懷二心以事其君者也。[30]」

既去，頃之，襄子當出，豫讓伏於所當過之橋下。襄子至橋，馬驚，襄子曰：「此必是豫讓也。」使人問之，果豫讓也。於是襄子乃數[31]豫讓曰：「子不嘗事范、中行氏乎？智伯盡滅之，而子不爲報讎，而反委質臣於智伯。智伯亦已死矣，而子獨何以爲之報讎之深也？」豫讓曰：「臣事范、中行氏，范、中行氏皆眾人遇我，我故眾人報之[32]。至於智伯，國士遇我，我故國士報之。」襄子喟然嘆息而泣曰：「嗟乎豫子！子之爲智伯，名既成矣，而寡人赦子，亦已足矣。子其自爲計，寡人不復釋子！」使兵圍之。豫讓曰：「臣聞明主不掩人之美，而忠臣有死名之義。前君已寬赦臣，天下莫不稱君之賢。今日之事，臣固伏誅，然願請君之衣而擊之焉，以致報讎之意，則雖死不恨。非所敢望也，敢布腹心！」於是襄子大義之[33]，乃使使持衣與豫讓。豫讓拔劍三躍而擊之，曰：「吾可以下報智伯矣！」遂伏劍自殺。死之日，趙國志士聞之，皆爲涕泣。

注釋

❶ 堂邑　在今江蘇六合縣北。
❷ 伍子胥之亡楚而如吳也　伍子胥逃出楚國而往吳國時。伍子胥，名員，楚人，為避父兄之禍，逃到吳國，任吳相，率兵破楚，後遭讒自殺。亡，逃也。如，往也。
❸ 內志　言公子光有篡弒吳王的意圖。
❹ 次　次序。
❺ 使　假使。
❻ 適嗣　嫡傳的後代。適，同嫡。嗣，子孫。
❼ 灊　音ㄑㄧㄢˊ，故城在今安徽霍山縣。
❽ 使延陵季子於晉　延陵，今江蘇武進縣，春秋時吳邑。季子受封於此，號延陵季子。
❾ 不求何獲　不尋求機會，如何能獲得王位（意欲趁此機會，奪取王位而請專諸刺殺吳王僚）？
❿ 骨鯁之臣　比喻敢言之臣，即耿直不阿的臣子。骨鯁，骨頭梗塞於喉間。
⓫ 如　奈也。
⓬ 光之身，子之身也　意謂我富貴，你亦富貴，如同一身也。
⓭ 王僚使兵陳，自宮至光之家　王僚派兵佈陣，自宮中至公子光之家一路防衛。陳通「陣」。
⓮ 鈹　音ㄆㄧ，兩刃刀。
⓯ 詳　假裝也。詳與「佯」通。
⓰ 擘　音ㄅㄛˋ，剖開。
⓱ 伏甲　伏兵。
⓲ 范氏及中行氏　二人都是晉國大夫。
⓳ 智伯　晉國大夫。
⓴ 趙襄子　晉大夫趙衰之後。
㉑ 士為知己者死，女為說己者容　士人為理解自己的人而犧牲，女子為喜歡自己的人而妝扮。知己者，指了解我之人，即知心之人。說與「悅」通。
㉒ 刑人　隸人，古以刑人充奴隸。
㉓ 入宮塗廁中　言豫讓潛入宮裡，在污穢的廁所中工作，以便趁機刺殺趙襄子。塗，污也。廁，污穢之處也。
㉔ 心動　心驚。
㉕ 卒醳去之　卒，終也。醳與「釋」通。
㉖ 漆身為厲　漆有毒，以漆塗身，皮即起瘡腫，使別人無法辨認他原來的形貌。厲，毒瘡。
㉗ 委質　委，託付。質，身體。

㉘近幸　得寵而親近。

㉙顧不易耶　顧，豈也。易，容易。

㉚然所以為此者，將以愧天下後世為人臣懷二心以事其君者也　我之所以這樣作，是要以我的行為，使天下後世為人臣而心懷二心以事奉其主的人感到慚愧。

㉛數　指責。

㉜范氏、中行氏皆眾人遇我，我故眾人報之　范氏、中行氏皆以普通人待我，並不特別重視我，所以我只用普通人的感情報答之。

㉝大義之　因其義行而感動。

問題討論與習作

一、「士為知己者死，女為說己者容」，對此你有何看法？

二、為結合閱讀與表達，請詳讀本文之後，將專諸或豫讓的事蹟改編為劇本，並分組演出。藉由戲劇的形式，達到激發創作靈感與增進人文素養的目的。

第三課　定風波

蘇軾

導讀

蘇軾〈定風波〉成於北宋神宗元豐五年（西元一〇八二年）春天，謫居黃州期間。當時作者欲至黃州東南三十里的沙湖看新買田地，未料路上突然變天，下起陣雨，不久又放晴，藉著日常生活偶然遇雨的小事，抒發自己對於外在境遇能順應變化、淡然處之的曠達心境。在簡短的即景抒情中卻寓有深刻的人生哲理：以風雨象徵人生旅途中各種的打擊與波折，然而風雨終會過去，溫煦的陽光總會再次照拂，同理，人生亦沒有永久的失意，既然如此，何不平常心看待，何必為外物縈懷？

〈定風波〉具現了東坡任天而動的智慧與坦蕩的胸懷，其感悟亦充分印證了秦觀所言「蘇氏之道，最深於性命自得之際」的精神。

詞向來為音樂的附庸，地位卑下，但東坡視詞為「詩之裔」，看重詞的文學性甚於音樂性，「豪放不喜裁剪以就聲律」（晁以道語），他曾自豪所作的小詞「雖無柳七郎風味，亦自是一家」，可以得知他在藝術創作上避免因襲、力求突破的創造性。

東坡詞作的創新引發不同的評價，陳師道批評他：「以詩為詞」「要非本色」，李清照則說東坡詞「往往不協音律」，二者是從傳統的詞學觀出發所做的批評。至於王灼《碧雞漫志》：「東坡先生非心醉於音律者，偶爾作歌，指出向上一路，新天下耳目，弄筆者始知自振。」及《四庫提要》：「詞自晚唐、五代以來，以清切婉麗為宗。至柳永而一變，如詩家之有白居易，至蘇軾而又一變，如詩家之有韓愈，遂開南宋辛棄疾等一派。尋源溯流，不能不謂之別格，然謂之不工則不可。故至今日尚與花間一派並行而不能偏廢。」則說明了東坡對於詞體的發展與革新，具有影響力。

作者

蘇軾，字子瞻，宋眉州眉山（今四川省眉山縣）人。生於宋仁宗景祐三年（西元一〇三七年），卒於徽宗建中靖國元年（西元一一〇一年），年六十五。

蘇軾秉性聰慧，二十歲即博通經史。仁宗嘉祐二年（西元一〇五七年），考上進士。神宗熙寧四年（西元一〇七一年），上書反對新政，與王安石不合，調任杭州通判；其後，徙知密州、徐州、潮州等地。又因作詩譏諷時政，被貶為黃州（今湖北省黃岡縣）團練副使，築室於東坡，自號東坡居士。哲宗即位，奉詔回朝，累官至翰林學士知制誥；後又屢遭貶謫，曾遠至惠州（今廣東省惠陽縣）、儋州（今海南島儋縣）。徽宗時，遇赦召還，病逝於常州，諡文忠。

蘇軾才氣橫溢，在散文、詩、詞、書、畫等方面，皆有非凡的成就。所作文章汪洋宏肆，如行雲流水，不拘一格，與父蘇洵、弟蘇轍，名列唐宋古文八大家。在詞作方面，開拓了詞的境界與題材，不喜歡剪裁歌詞以遷就聲律，使得詞與音樂初步分離。詩作方面，則想像力豐富，並且嫻於用典、比喻，嬉笑怒罵，皆可入詩。著有《蘇軾文集》、《蘇軾詩集》、《東坡樂府》等。

課文

三月七日，沙湖❶道中遇雨。雨具先去，同行皆狼狽，余獨不覺。已而遂晴，故作此詞。

莫聽穿林打葉聲，何妨吟嘯❷且徐行。竹杖芒鞋❸輕勝馬，誰怕？一蓑煙雨任平生❹。料峭❺春風吹酒醒，微冷，山頭斜照卻相迎。回首向來蕭瑟❻處，歸去，也無風雨也無晴。

注釋

❶沙湖　位於今日湖北黃岡市黃州區境內。

❷吟嘯　高聲吟詠長嘯。《世說新語．雅量》：「謝太傅盤桓東山時，與孫興公諸人汎海戲。風起浪湧，孫、王諸人色並遽，便唱使還；太傅神情方王，吟嘯不言。舟人以公貌閑意說，猶去不止；既風轉急，浪猛，諸人皆諠動不坐。公徐云：『如此，將無歸！』眾人即承響而回。於是審其量，足以鎮安朝野。」

❸芒鞋　草鞋。

❹一蓑煙雨任平生　一生中僅有蓑衣亦足以風雨中來去。

❺料峭　形容風吹略有寒意。

❻蕭瑟　風雨聲。

問題討論與習作

一、陳師道《后山詩話》批評：「子瞻以詩為詞，如教坊雷大使之舞，雖極天下之工，要非本色。」所謂「以詩為詞」指的是什麼？詞的「本色」又是什麼？

二、東坡詞的特色為何？

第四課　三個小故事

王溢嘉

導讀

本文選自王溢嘉《智慧的花園》（野鵝出版社），作者借用三則小故事，闡發深刻的人生哲理。第一則〈時間之缸〉，從如何填滿大缸縫隙的步驟，點明「時間管理」的方法與重要性。先由聽眾之口，讓人誤以為人生最重要的，是要「將時間完全填滿」；而殊不知，「大小事情的清楚洞悉與執行順序」，才是人生成功的關鍵，這也呼應孟子：「先立其大，則其小者不能奪也」的哲理智慧。

第二則〈結束的機會〉，演講者滔滔不絕，無法自休，超過演講結束時間，給聽眾及主辦單位帶來困擾，演講者顯然自我感覺良好，自我陶醉，最後透過老太太之口，點出無論是演講或現實生活，當事者都應「適度節制」，擁有「適可而止」、存留餘香的「割捨」智慧。

第三則〈答案不一樣〉，探討的是「答案」本身的意義。一如浮士德為了追求「知識」和「權力」，不惜向魔鬼出賣自己的「靈魂」，最後墮入地獄。他在愛慾、苦樂交戰夾雜之時，思考許多生命的問題，但最後沒有給讀者提供「答案」。在愛因斯坦的故事裡，也讓我們深省，人生沒有「簡單的答案」，也沒有「一成不變的答案」。除非你投入全部生命去尋找發現，否則別人的答案只能參考，無法套用，這也是有情人間永遠值得探索「生命意義」的樂趣源泉所在。

作者

王溢嘉（1950—），台灣省台中市人。台中一中、台灣大學醫學系畢業，曾從醫兩個月，現專門從事寫作。王溢嘉在中學時代就常寫文章投稿。在台大「大新社」擔任文書組長，後擔任社長。畢業後放棄醫生職務，立志以巡迴演講的方式為社會大眾服務。曾任《健康世界》雜誌總編輯、野鵝出版社社長，並擔任《縱觀世界雜誌》總編輯、大同出版社社長。他的文章包括散文、文化評論、科學論述等，也常翻譯引介科學新知。著有《實習醫師手記》《青春第二課》《蟲洞書簡》《智慧的花園》等書，其中散文以探討生命的意義為主，對於人生多有啟發。

課文

時間之缸

如果羅馬人要先學好拉丁文，他們就沒有時間征服世界。

——海涅

有位時間管理專家，在演講時做了一個別開生面的示範。

他將如拳頭大的石頭一塊塊放進一個大玻璃缸裡，直到與缸口齊平，然後問聽眾：「缸子放滿了嗎？」

在聽眾回答「放滿了！」聲中，他揚揚眉毛：「是嗎？」說著，又拿出一堆玻璃珠大小的碎石子，一個個塞進大石頭的縫隙裡，直到塞不下。然後再問聽眾：「這樣滿了嗎？」

「也許還沒滿。」聽眾學乖了，有人這樣回答。「很好！」專家說著，又拿出一桶沙子，將沙子倒進玻璃缸的縫隙裡。再問：「這樣滿了吧？」

「還沒滿！」有個聽眾大聲說。「很好！」專家面露讚許之色，再拿出一桶水，將水倒進石子和沙粒的縫隙中，直到水溢出了玻璃缸才停下來。

「你們從我的示範表演裡學到了什麼？」專家回到講桌問。

一個聽眾站起來，熱情而興奮地說：「不管你的時間表排得多滿，只要你願意，你還可以塞進另外一些東西。」

「不對！」專家搖搖頭，說：「它最大的啓示是，如果你不先將大石頭放進玻璃缸裡，而是先放碎石子、沙子或水，那你就沒有辦法放進這麼多的大石頭。」

善用時間，不是將時間塡滿而已。如果總是先做些瑣碎的小事，那你就沒有什麼時間去做眞正重要的事情。

一個井然有序的心靈，知道事情的優先順序，聰明的時間管理就是按事情的重要性，將它們依序放進時間之缸裡。

結束的機會

有節制的享樂，是雙重的享樂

——赫曼．赫塞

美國參議員史璜生很擅長演講，也很喜歡演講，經常樂在其中。

有一次，有人請他在宴會中發表一場演說。他講得口沫橫飛，越講越起勁，欲罷不能，遠遠超過了主辦單位給他的限定時間。

會後，他還陶醉在自己的精彩演出裡，在走廊上，有一位老太太走過來向他握手致意。史璜生忍不住問她：

「夫人，您覺得我今天講得如何？」

「你講得很好。」老太太說：「只是你錯過了好幾次機會。」

「什麼機會？」史璜生好奇地問。

「結束的機會。」

每個人都有他各自的樂事，雖然有的較高雅，有的較低俗，但樂在其中，都會讓人渾然忘我。耽溺，並無雅俗之別。

從耽溺中清醒過來，發現的是，它遠遠超過自己原先所預定的時間或數量，而產生玩物喪志的悔意。經常還惹來他人的責備，或者弄壞了自己的身體。

對自己喜歡做的事，重要的不是如何開始，而是如何結束；不是克制自己不做，而是要適可而止。

適可而止，雖然意猶未盡，但正可以給下次的開始預留美好的期待，而且爲自己的能夠節制感到某種尊嚴、某種光彩，這才是「雙重的享樂」。

答案不一樣

《浮士德》在結尾處沒有提出答案，讓我印象非常深刻。

——榮格

愛因斯坦在普林斯頓大學任教時，學期終了，也要出些考題。

某次考試前幾天，有位學生匆匆跑來找愛因斯坦：「教授，聽說您今年的考題跟去年一樣？」

「沒錯。」愛因斯坦回答。

學生立刻喜上眉梢，因爲他已將考古題背得滾瓜爛熟。

「但是答案跟去年不一樣。」愛因斯坦又加上一句。

人生，不斷提出各種問題，等待我們的回答。

譬如「宇宙存在的目的是什麼？」「生命的意義又是什麼？」問題雖然相同，但每個人的答案卻不一樣；每個時代的答案也都不一樣。

問題不變，答案一直在變，因爲回答的人一直在變。

對生命的諸般問題，如果我們現在的答案跟小時候一樣，那表示這麼多年來，我們的心靈和見識可能都沒有什麼成長。

如果我們今年的答案是抄襲去年別人的答案，那表示在此朗朗乾坤，我們竟然是活在別人的陰影裡。

所有值得思索和探問的問題，都是沒有標準答案或終極答案的。

「我想成爲什麼樣的人？」、「我想過什麼生活呢？」自己找答案，而且，每隔一段時間就找到不同的答案。

問題討論與習作

一、在你的〈時間之缸〉裡，哪些是你心目中的大石、碎石、沙子及水？（如孝順父母、旅遊、股票、美食、結婚、戀愛、事業、信仰、賺錢、學習、運動健身、地位、人品、傳宗接代、住豪宅、高學歷、好口才），並說明你的先後排列順序，以及排列的理由。

第五課　不識

張曉風

導讀

〈不識〉是一篇以白話文寫作的墓誌銘，全篇在對話和自省中，探討親人之間的關係。以父親之死為端緒，把父親的生平事蹟做為情節主軸，透顯女兒溫柔的不捨與悲傷，深刻地帶出「人本孤獨」、「蓋棺猶難定論」、「至親仍難深知」的人生命題。

「身分」和「角色」是否等於真正的自我？「不識」，是指人與人之間無法全然理解彼此的本然面貌。有時，連自己都未必真正了解自己，即便是列舉於史書文獻，也非等同於他的「內在真我」。「生命經驗無法還原流通」，提醒人們對「評價」必須有所保留。

「徹骨的互識」雖不可能，然而親子之間只要不「無知無識」，也能在寒冷的世間彼此取暖，減少隔閡。生死別離，是誰也無法替代的獨特經驗。正如龍應台所說：「父女母子一場，只不過意味著，你和他的緣分就是今生今世，不斷地目送他的背影漸行漸遠。」而作者的痛，在自知未能看透生死無常真相，願意謙卑「面對、接受」時，也能漸次放下執著，自然釋懷了。

作者

張曉風（1941—），生於浙江金華，筆名曉風、桑科、可叵。東吳大學中文系畢業。曾任教東吳大學、國立陽明大學。曾獲中山文藝獎、國家文藝獎、吳三連文藝獎、中國時報文學獎等，十大傑出女青年。作品屢入選中學教科書。創作種類以散文、戲劇、雜文為主。余光中曾在《你還沒有愛過》一書序中譽之為「亦秀亦豪的健筆」。從細膩動人的抒情散文，到家國情懷及社會世態的雜論，風格多樣，著有《地毯的那一端》《玉想》《星星都已經到齊了》等四十多種著作。

課文

兩個人坐著談話，其中一個是高僧，另一個是皇帝，皇帝說：「你識得我是誰嗎？我——就是這個坐在你對面的人。」

「不，不識。」

他其實是認識並了解那皇帝的，但是他卻回答說「不識」。也許在他看來，人與人之間其實都是不識的。誰又曾經眞正認識過另一個人呢？傳記作家也許可以把翔實的資料一一列舉，但那人卻並不在資料裡——沒有人是可以用資料來加以還原的。

而就連我們自己，也未必識得自己吧？杜甫，終其一生，都希望做個有所建樹出民水火的好官。對於自己身後可能以文章名世，他反而是不無遺憾的。他似乎從來不知道自己是有唐一代最優秀的詩人，如果命運之神允許他以詩才來換官位，他是會換的。

家人至親，我們自以爲極親愛極了解的，其實我們所知道的也只是膚表的事件而不是刻骨的感覺。刻骨的感覺不能重現，它隨風而逝，連事件的主人也不能再拾。

而我們面對面卻瞠目不相識的，恐怕是生命本身吧？我們活著，卻不知道何謂生命？更不知道何謂死亡？

父親的追思會上，我問弟弟：

「追述生平，就由你來吧？你是兒子。」

弟弟沉吟了一下，說：

「我可以，不過我覺得你知道的事情更多些，有些事情，我們小的沒趕上。」

然而，我眞的知道父親嗎？

五指山上，朔風野大，陽光輝麗，草坪四尺下，便是父親埋骨的所在。我站在那裡一面看山下紅塵深處密如蟻垤的樓宇，一面問自己：

「這墓穴中的身體是誰呢？」雖然隔著棺木隔著水泥，我看不見，但我也知道那是一副潰爛的肉軀。怎麼可以這樣呢？一個至親至愛的父親怎麼可以一霎時化爲一堆陌生的腐肉呢？

也許從宗教意義言，肉體只是暫時居住的房子，屋主終有搬遷之日。然而，與原屋之間總該有個徘徊顧卻之意吧？造物怎可以如此絕情，讓肉體接受那化作糞壤的宿命？

我該承認這一抔黃土中的腐肉爲父親呢？或是那優游於濛鴻中的才是呢？我曾認識過死亡嗎？我曾認識過父親嗎？我愕然不知怎麼回答。

「小的時候，家裡窮，除了過年，平時都沒有肉吃。如果有客人來，就去熟肉鋪子切一點肉，偶然有個挑擔子賣花生米小魚的人經過，我們小孩子就跟著那人走。沒的吃，看看也是好的，我們就這樣跟著跟著，一直走，都走到隔壁莊子去了，就是捨不得回頭。」

那是我所知道的，他最早的童年故事。我有時忍不住，想掏把錢塞給那九十年前的饞嘴小男孩。想買一把花生米小魚塡塡他的嘴，並且叫他不要再跟著小販走，應該趕快回家去了……。

我問我自己，你眞的了解那小男孩嗎？還是你只不過在聽故事？如果你不曾窮過餓過，那小男孩巴巴的眼神你又怎麼讀得懂呢？

我想，我並不明白那貧窮的小孩，那傻乎乎地跟著小販走的小男孩。

讀完徐州城裡的第七師範的附小，他打算讀第七師範，家人帶他去見一位堂叔，目的是借錢。

堂叔站起身來，從一把舊銅壺裡掏出二十一塊銀元，那只壺從樑柱上直吊下來，算是家中的保險櫃吧？

讀師範不用錢，但制服棉被雜物卻都要錢，堂叔的那二十一塊錢改變了父親的一生。

我很想追上前去看一看那目光炯炯的少年，渴於知識渴於上進的少年。我很想看一看那堂叔看著他的愛憐的眼色。他必是族人中最聰明俊發的孩子，堂叔才慨然答應借錢的吧！聽說小學時代，他每天上學都不從市內走路，嫌人車雜沓。他寧可繞著古城周圍的城牆走，城牆上人少，他一面走，一面大聲背書。那意氣飛揚的男孩，天下好像沒有可以難倒他的事。他走著、跑著，自覺古人的智慧因背誦而盡入胸中，一個志得意滿的優秀小學生。

然而，我眞認識那孩子嗎？那個捧著二十一塊銀元來向這個世界打天下的孩子。我平生讀書不過只求隨緣盡興而已，我大概不能懂得那一心苦讀求上進的人，那孩子，我不能算是深識他。

「臺灣出的東西，有些我們老家有，像桃子。有些我們老家沒有，像木瓜、芭樂。」父親說：「沒有的，就不去講它，凡是有的，我們老家的就一定比臺灣好。」

我有點反感，他為什麼一定要堅持老家的東西比這裡好呢？他離開老家都已經這麼多年了，為什麼還堅持老家的最好？

「譬如說這香椿吧！」他指著院子裡的香椿樹，臺灣的，「長這麼細細小小一株。在我們老家，那可是和榕樹一樣的大樹咧！而且臺灣是熱帶，一年到頭都能長新芽，那芽也就不嫩了。在我們老家，只有春天才冒得出新芽來，所以那個冒法，你就不知道了。忽然一下，所有的嫩芽全冒出來了，又厚又多汁，大人小孩全來採呀，採下來用鹽一揉，放在格架上晾，一面晾，那架子上醃出來的滷汁就呼嚕——呼嚕——的一直流，下面就用盆接著，那滷汁下起麵來，那個香呀——。」

我吃過韓國進口的鹽醃香椿芽，從它的形貌看來，揣想它未醃之前一定也極肥厚，故鄉的香椿芽想來也是如此。但父親形容香椿在醃製的過程中竟會「呼嚕——呼嚕——」流汁，我被他言語中的壯聲詞所驚動，那香椿樹竟在我心裡成為一座地標，我每次都循著那株椿樹去尋找父親的故鄉。

但我眞的明白那棵樹嗎？我眞的明白在半個世紀之後，坐在陽光璀璨的屏東城裡，向我娓娓談起的那棵樹嗎？

父親晚年，我推輪椅帶他上南京中山陵，只因他曾跟我說過：

「總理下葬的時候，我是軍校學生，上面在我們中間選了些人去抬棺材。我被選上了，事先還得預習呢！預習的時候棺材裡都裝些石頭……。」

他對總理一心崇敬——這一點，恐怕我也無法十分了然。我當然也同意孫中山是可佩服的，但恐怕未必那麼百分之百心悅誠服。

「我們那時候的學生總覺得共產黨比較時髦，我原來也想做共產黨，後來讀了總理的書，覺得他講的才是眞有道理……。」

能有一心令你死心塌地，生死追隨，不作他想，父親應該是幸福的。——而這種幸福，我並不能體會。

父親說，他眞正的興趣在生物，我聽了十分錯愕。我還一直以爲是軍事學呢！抗戰前後，他加入了一個國際植物學會，不時向會裡提供全國各地植物的資訊，我對他驚人的耐心感到不解。由於職業的關係，他跑遍大江南北，他將各地的蘿蔔、茄子、芹菜、白菜長得不一樣的情況一一彙集報告給學會。在那個時代，我想那學會接到這位中國會員熱心的訊息，也多少要吃一驚吧？

啊，他究竟是怎樣的一個人呢？我對他萬分好奇，如果他晚生五十年，如果他生而爲我的弟弟，我是多麼願意好好培植他成爲一個植物學家啊！在那一身草綠色的軍服下面，他其實有著一顆生物學者的心。我小時候，他教導我的，幾乎全是生物知識，我至今看到螳螂的卵仍十分驚動，那是我幼年行經田野時父親教我辨認的。

每次他和我談生物的時候，我都驚訝，彷彿我本來另有一個父親，卻未得成長踐形。父親也爲此抱憾嗎？或者他已認了？

而我不知道。

年輕時的父親，有一次去打獵。一槍射出，一隻小鳥應聲而落，他撿起小鳥一看，小鳥已肚破腸流，他手裡提著那溫熱的肉體，看著那腹腔之內一一俱全的五臟；忽然決定終其一生不再射獵。

父親在同事間並不是一個好相處的人，聽母親說有人給他起個外號叫「槓子手」，意思是耿直不圓轉。他聽了也不氣，只笑笑說「山難改，性難移」。他是很以自己方正稜然自豪的，從來不屑於改正。然而這個清晨，在樹林裡，對一隻小鳥，他卻生慈柔之心，誓言從此不射獵。

父親的性格如鐵如砧，卻也如風如水，——我何嘗眞正了解過他？

《紅樓夢》第一百二十回，賈政眼看著光頭赤腳身披紅斗篷的寶玉向他拜了四拜，轉身而去，消失在茫茫雪原裡，說：

「竟哄了老太太十九年，如今教我纔明白——」

賈府上下數百人，誰又曾明白寶玉呢？家人之間，亦未必眞能互相解讀吧？

我於我父親，想來也是如此無知無識。他的悲喜、他的起落、他的得意與哀傷、他的憾恨與自足，我那裡都能一一探知、一一感同身受呢？

蒲公英的散蓬能敘述花托嗎？不，它只知道自己在一陣風後身不由己的和花托相失相散了，它只記得葉嫩花初之際，被輕輕托住的安全的感覺。它只知道，後來，就一切都散了，勝利的也許是生命本身，草原上的某處，會有新的蒲公英冒出來。

我終於明白，我還是不能明白父親。至親如父女，也只能如此。世間沒有誰識得誰，正如那位高僧說的。

我覺得痛，卻亦轉覺釋然，爲我本來就無能認識的生命，爲我本來就無能認識的死亡，以及不曾眞正認識的父親。原來沒有誰可以徹骨認識誰，原來，我也只是如此無知無識。

問題討論與習作

一、請嘗試為你父母的人格特質、重要生平事蹟，做個有條理層次的文字描述。

二、請說出：父母哪些部分是你相對「認識理解」的？哪些部分是你幾乎「無知無識」的？為什麼？

親情教養

第一課　鄭伯克段于鄢／左傳
第二課　濰縣署中與舍弟墨第二書／鄭燮
第三課　感憶／沈光文
第四課　貧賤夫妻／鍾理和
第五課　生日／李黎

第一課　鄭伯克段于鄢

左傳

導讀

本篇選自《左傳》魯隱公元年。「鄭伯克段于鄢」，本是《春秋》經文，今移作文題。春秋之際，周道衰微，或父子相殘，或兄弟相滅，人慾橫流，天理將亡，孔子因之而作《春秋》，左丘明亦纂修《左傳》，志在「懲惡勸善、匡救時弊」。

本文敘述鄭武公娶武姜，武姜生莊公、共叔段，武姜偏愛共叔段，處心積慮想讓共叔段掌握鄭國大權。而鄭莊公想要除去他的弟弟，所以再三蓄意縱容，使他日漸地狂妄自大，做出許多不義的行為，最後再出兵將他打敗，並把他趕出了鄭國，甚至更遷怒其母的偏私，發誓至死不相見。之後被潁考叔的孝心所感動，加上潁考叔對莊公前誓的巧妙解釋，使莊公母子終能和好。

作者在取材方面，刪繁就簡，去粗取精，如：以「寤生」說明武姜憎惡鄭莊公的原因；以「收貳」來凸顯共叔段的野心。就人物形象塑造而言，無不窮形盡態，如：描寫鄭莊公的冷漠刻薄、共叔段的嬌養失教、武姜的率性偏愛，都十分細膩深刻。在對話藝術方面，屏棄抽象的形容，採用感性、形象的用詞來展現人物的性格，如：鄭莊公的「自斃」、「自及」和「自崩」等個性語言，無不給人深刻的印象。

作者在詮釋經文部分，以「鄭志」二字，從行為動機方面去論斷是非，頗能發揮《春秋》之微言大義。呂祖謙評價本文，謂為「十分筆力」；歸有光稱賞本篇：「此左氏筆力之最高者」；或者贊其「鬼斧神工」；或者美為「文章之祖」，推崇可謂備至。

作者

《左傳》，是《春秋左氏傳》的簡稱，乃春秋時的一部編年史。關於《左傳》的作者和成書時代，歷來有過許多爭論，意見紛歧。依據司馬遷《史記》的說法，是魯君子左丘明所作。左丘明的生平多不可考，孔子曾經說過：「巧言、令色、足恭，左丘明恥之。匿怨而友其人，左丘明恥之，丘亦恥之。」（《論語・公冶長篇》）可見左丘明是孔子十分推崇的人。

《左傳》編年紀事，皆以魯史為中心，旁及同時代諸國之事，起自魯隱公元年（西元前七二二年），迄於魯哀公二十七年（西元前四六八年），詳細記載史實的始末，系統地記敘了春秋時代政治、經濟、軍事和文化等方面的重大事件，真實地反映了那個時代的社會面貌，是史學上的重要典籍。此外，《左傳》又是一部歷史散文著作，具有很高的文學價值。記敘紛繁複雜的歷史事件，結構謹嚴，情節曲折，尤其善於描寫戰爭場面；人物個性突出，形象鮮明；語言生動簡潔，富有文采，對後世的敘事散文有深遠的影響。

課文

初❶，鄭武公娶于申❷，曰武姜❸，生莊公及共叔段❹。莊公寤生❺，驚姜氏，故名曰寤生，遂惡之。愛共叔段，欲立之。亟請❻於武公，公弗許。

及莊公即位，爲之請制❼。公曰：「制，巖邑❽也。虢叔❾死焉，佗邑唯命❿。」請京⓫，使居之，謂之京城大叔。

祭仲⑫曰：「都城過百雉⑬，國之害也。先王之制，大都，不過參國之一⑭；中，五之一；小，九之一。今京不度⑮，非制也，君將不堪。」公曰：「姜氏欲之，焉辟害⑯？」對曰：「姜氏何厭之有？不如早為之所，無使滋蔓；蔓，難圖也。蔓草猶不可除，況君之寵弟乎？」公曰：「多行不義，必自斃⑰，子姑待之。」

既而大叔命西鄙、北鄙貳於己⑱。公子呂⑲曰：「國不堪貳，君將若之何⑳？欲與大叔，臣請事之；若弗與，則請除之，無生民心㉑。」公曰：「無庸㉒，將自及。」大叔又收貳㉓以為己邑，至于廩延㉔。子封曰：「可矣！厚㉕將得眾。」公曰：「不義，不暱㉖，厚將崩。」

大叔完聚㉗，繕甲兵㉘，具卒乘㉙，將襲鄭，夫人將啟之㉚。公聞其期曰：「可矣。」命子封帥㉛車二百乘以伐京，京叛大叔段。段入于鄢，公伐諸鄢㉜。五月辛丑，大叔出奔㉝共。

書㉞曰：「鄭伯克段于鄢㉟。」段不弟㊲，故不言弟。如二君㊲，故曰克。稱鄭伯，譏失教㊳也。謂之鄭志㊴。不言出奔㊵，難之㊶也。

遂寘姜氏于城潁㊷，而誓之曰：「不及黃泉，無相見也！」既而悔之。潁考叔爲潁谷封人[43]，聞之。有獻於公，公賜之食。食舍[44]肉，公問之。對曰：「小人有母，皆嘗小人之食矣。未嘗君之羹[45]，請以遺[46]之。」公曰：「爾有母遺，繄[47]我獨無！」潁考叔曰：「敢問何謂也？」公語之故，且告之悔。對曰：「君何患焉。若闕[48]地及泉，隧[49]而相見，其誰曰不然？」公從之。

公入而賦[50]：「大隧之中，其樂也融融。」姜出而賦：「大隧之外，其樂也泄泄[51]。」遂爲母子如初。

君子曰[52]：「潁考叔，純[53]孝也，愛其母，施[54]及莊公。《詩》曰：『孝子不匱，永錫爾類[55]。』其是之謂乎[56]！」

注釋

❶初　當初，《左傳》追述往事時，用此筆法，《史記》亦沿用之。

❷鄭武公娶于申　鄭，姬姓國，在今河南省新鄭縣一帶。鄭武公，鄭國第二代君，在位二十七年。娶于申，娶申國女子為妻。申，姜姓國，在今河南省南陽縣一帶。

❸武姜　武是丈夫的謚號；姜，是娘家的姓氏。名在前，姓在後；春秋時貴族婦女的稱謂，多如此排列。

❹共叔段　莊公的弟弟太叔，名段。後來逃亡到共，故稱共叔。共，國名，在今河南省輝縣。

❺寤生　寤通「牾」。《說文》：「牾，逆也。」女人產子，頭先足後為順，足先頭後為逆。寤生，胎兒腳先出來，即難產。

❻亟請　亟，音ㄑㄧˋ，屢次請求。

⑦請制　要求「制」這個地方做領地。制，鄭地名，一名虎牢，故城在今河南省汜水縣西。

⑧巖邑　險要的城邑。

⑨虢叔　虢，音ㄍㄨㄛˊ，國名。虢仲、虢叔，王季之子，文王之同母弟。虢仲封於西虢，虢叔封於東虢，即制邑。虢叔恃制巖邑而不修德，鄭滅之。

⑩佗邑唯命　佗，同「他」。唯命，即「唯命是聽」的簡省。

⑪京　鄭國地名，故城在今河南省滎陽縣東南。

⑫祭仲　鄭大夫，字仲足。祭，音ㄓㄞˋ。

⑬雉　古時用以計算城牆大小的單位，長三丈，高一丈。

⑭參國之一　國都的三分之一。

⑮度　法度，規定。

⑯焉辟害　我哪裡能避開禍害呢？焉，哪裡，疑問代詞。辟，通「避」。

⑰斃　仆，跌。引申指死亡，於此指滅亡。

⑱貳於己　貳，兩屬，從屬二主：一方面屬莊公，一方面屬自己。

⑲公子呂　鄭大夫，字子封，鄭之公族。

⑳若之何　如何。

㉑無生民心　不要使民生二心。

㉒無庸　猶言用不著。庸，用。

㉓貳　指西鄙、北鄙之地。

㉔廩延　鄭地名，在今河南省延津縣北。

㉕厚　雄厚，這裡指勢力雄厚。

㉖不暱　不親近兄長。暱，親近。

㉗完聚　完，修城。聚，聚集糧食。

㉘繕甲兵　整治武器裝備。繕，修理，整治。甲，防禦性武器。兵，攻擊性武器。

㉙具卒乘　具，準備。卒，步兵。乘，音ㄕㄥˋ，兵車。

㉚將襲鄭，夫人將啟之　準備偷襲鄭國都城，姜氏則打算作為內應打開城門。襲，行軍不用鐘鼓，今言偷襲。夫人，武姜。啟之，指開城門，做內應。

㉛帥　帥，通「率」。

㉜鄢　鄭地名，在今河南省鄢陵縣北。

㉝出奔　指逃到其他國家避難。

㉞書　指《春秋》上的記述。以下是解釋《春秋》經文的話，所謂書法。

㉟鄭伯克段于鄢　鄭伯，指鄭莊公。克，《左傳會箋》：「克者，兩敵相角力勝之辭也。」此乃譏諷鄭莊公與共叔段無兄弟手足之情。

㊱不弟　不遵為弟之道。句法同不君、不臣。

㊲如二君　指莊公與叔段之間的爭戰如同兩個敵國國君

之間的爭戰。

㊳ 失教　沒有盡到管教的責任。

㊴ 鄭志　有以下兩種解釋：⑴指鄭伯有殺弟的意圖；⑵譏諷鄭伯失教，是符合全鄭國人的意思。志，意志，意念，意圖。

㊵ 出奔　《春秋》書法為凡記某人出奔，即表示其人犯罪。

㊶ 難之　有以下兩種解釋：⑴「困難」之意，即因莊公與段之間的關係複雜，難以下筆記敘共叔出奔共之事；⑵「責難」之意，即責難莊公不應待弟如此殘酷。此兩說似以後說為佳。

㊷ 遂寘姜氏于城潁　鄭莊公就把姜氏軟禁在城潁。寘，同「置」，安置，這裡有軟禁的意思。城潁，鄭地名，在今河南省臨潁縣西北。

㊸ 潁考叔為潁谷封人　潁考叔，鄭賢大夫。潁谷，鄭國邊邑名，在今河南省登封縣西。封人，鎮守邊界的官吏。

㊹ 舍　即「捨」，放在一邊。

㊺ 羹　有肉有湯的食物，這裡泛指肉食。

㊻ 遺　音ㄨㄟˋ，同「饋」，贈給。

㊼ 繄　句首語氣詞，猶「噫」字。

㊽ 闕　通「掘」，挖掘。

㊽ 隧　動詞，挖成隧道。

㊿ 賦　賦詩，這裡指隨口吟作詩句。與《左傳》他處誦讀詩篇成句不同。

51 泄泄　音ㄧˋ，與「融融」意義相近，都是和樂自得的意思。

52 君子曰　《左傳》中直接對人或對事發表評論，則以「君子曰」表示之。

53 純　純正。

54 施　音ㄧˋ，移也，推也，猶言影響。

55 「孝子」二句　見《詩經．大雅．既醉》。孝子的孝心沒有窮盡，永遠恩賜同類。匱，竭盡。錫，賜予。類，輩，即同儕之人。

56 其是之謂乎　為「其謂是乎」的倒裝。其，表委婉的語氣詞。是，這個。之，代詞，複指「是」。此句之意為：大約是說這種情形吧！

問題討論與習作

一、本文中出現的主要人物，各具面目，栩栩如生，試說明作者塑造人物形象的種種手法。

二、閱讀本文之後，請以你的角度評論本文中任一位當事者的心理歷程與行為表現。

三、你與家人間是否曾產生衝突？當時，你是如何面對那樣的衝突？如今回想，有更好的解決方法嗎？

第二課　濰縣署中與舍弟墨第二書

鄭燮

導讀

本篇為書信的應用文，可歸為論說文，選自《鄭板橋全集》。鄭燮所寫家書，文字淺白，自然坦率，情感真摯，以深入淺出的方式，娓娓敘述為人處世的道理，為世所稱。墨，是作者的堂弟鄭墨。

文分五段：首段言晚年得子雖喜，仍須教之以忠厚；二段言不可因小兒玩樂，而壓抑生物之本性；三段請堂弟墨代為管教子女，應珍護生命，不能獨占好物，長其忠厚之情，驅其殘忍之性；四段以讀書事小、明理事大作結；五段為附加之內容，真正豢養魚及鳥，應以天地為囿，以江漢為池，一切生物都能順其本性自然地生長。板橋發揮「民胞物與」的胸懷，在其家書可見其梗概。

作者

鄭燮（1693—1765），字克柔，自號板橋道人，清江蘇興化（今江蘇省興化市）人。任山東濰縣縣令，因歲饑，為民請命，開倉賑災，而忤逆大臣，請歸。

其為人灑脱，而天性純厚。詩詞兼工，詩風近乎香山、放翁。書法疏放挺秀，隸、楷、行三體相參而自成一家。所畫蘭竹，亦秀逸有致，時人以詩書畫三絕稱之。著有《鄭板橋全集》。

課文

余五十二歲始得一子，豈有不愛之理！然愛之必以其道，雖嬉戲頑耍[1]，務令忠厚悱惻[2]，毋爲刻急[3]也。

平生最不喜籠中養鳥，我圖娛悅，彼在囚牢，何情何理，而必屈物之性[4]以適吾性乎！至於髮繫蜻蜓，線縛螃蟹，爲小兒頑具，不過一時片刻便摺拉而死。夫天地生物，化育劬勞[5]，一蟻一蟲，皆本陰陽五行[6]之氣絪縕[7]而出。上帝亦心心愛念。而萬物之性人爲貴，吾輩竟不能體天之心以爲心，萬物將何所託命乎？蛇蚖[8]蜈蚣豺狼虎豹，蟲[9]之最毒者也，然天既生之，我何得而殺之？若必欲盡殺，天地又何必生？亦唯驅之使遠，避之使不相害而已。蜘蛛結網，於人何罪，或謂其夜間咒月，令人牆傾壁倒，遂擊殺無遺。此等說話，出於何經何典，而遂以此殘物之命，可乎哉？可乎哉？

我不在家，兒子便是你管束。要須長[10]其忠厚之情，驅[11]其殘忍之性，不得以爲猶子[12]而姑縱惜也。家人兒女，總是天地間一般人，當一般愛惜，不可使吾兒凌虐他。凡魚飧[13]果餅，宜均分散給，大家歡嬉跳躍。若吾兒坐食好物，令家人子遠立而望，不得一霑脣齒；其父母見而憐之，無可如何，呼之使去，豈非割心剜肉[14]

乎！

夫讀書中舉中進士作官，此是小事，第一要明理作個好人。可將此書讀與郭嫂、饒嫂聽，使二婦人知愛子之道在此不在彼也。

◎書後又一紙

所云不得籠中養鳥，而予又未嘗不愛鳥，但養之有道耳。欲養鳥莫如多種樹，使遶屋數百株，扶疏茂密，爲鳥國鳥家。將旦時，睡夢初醒，尚展轉在被，聽一片啁啾，如〈雲門〉、〈咸池〉⑮之奏；及披衣而起，頮面⑯漱口啜茗⑰，見其揚翬振彩⑱，倏往倏來⑲，目不暇給⑳，固非一籠一羽之樂而已。大率㉑平生樂處，欲以天地爲囿，江漢爲池㉒，各適其天，斯爲大快；比之盆魚籠鳥，其鉅細仁忍何如也㉓！

注釋

❶頑耍　遊戲。
❷悱惻　指內心悲憫傷痛。
❸刻急　苛刻急躁。
❹屈物之性　屈抑物的本性。
❺劬勞　辛勞。劬，音ㄑㄩˊ。

❻五行　指水、火、木、金、土。
❼絪縕　天地合氣。
❽虺　毒蛇。
❾蟲　古時大小動物都可稱蟲。
❿長　增長。長，音ㄓㄤˇ。

⑪驅　除。

⑫猶子　姪兒。

⑬飧　煮熟的食物。

⑬剜肉　削肉，挖取肉。剜，音ㄨㄢ。

⑮〈雲門〉、〈咸池〉　都是黃帝所製的音樂。

⑯頮面　洗臉。頮，音ㄏㄨㄟˋ。

⑰啜茗　喝茶。

⑱揚翬振彩　張開五彩繽紛的翅膀飛翔。翬，音ㄏㄨㄟ。

⑲倏往倏來　忽往忽來。倏，音ㄕㄨˋ，極快地，忽然。

⑳目不暇給　眼睛來不及全看。

㉑大率　大抵，大都。

㉒以天地為囿，江漢為池　把天地當作園囿，把長江、漢水當作水池。囿，養禽獸的地方。池，養魚的地方。

㉓其鉅細仁忍何如也　這樣空間的大小，用心的仁慈或殘忍，相差多麼遠啊！

問題討論與習作

一、就本文的內容，請說出自己對「尊重生命」的看法。

二、如果您是為人父母者，您會如何撰寫一封給就讀大學子女的勉勵信？

第三課　感憶

沈光文

導讀

這是一首七言律詩，選自《臺灣府志．藝文志》。明末遺臣沈光文某次於金門返泉州途中，遇颱風，漂流至臺灣；因中原易幟，不願師事異族，而無法回鄉。這是他獨居臺灣思鄉的作品。

首聯：「暫將一葦向東溟，來往隨波總未寧。」這兩句述說他無意中來到臺灣，只好隨遇而安；雖然曾經動過回去的念頭，但是世事的變化像那波動不停的海水，不可捉摸，因此心中一直不能平靜。

頷聯：「忽見遊雲歸別塢，又看飛雁落前汀。」這兩句以運鏡手法，藉遠景、近景所見，寫觸景生情。遠景「遊雲歸」的「能歸」，引動他歸不得的惆悵；近景「又看飛雁」則有李清照「雁過也，……卻是舊時相識」的傷懷。

頸聯：「夢中尚有嬌兒女，燈下唯餘瘦影形。」這兩句以虛筆和實寫刻畫思念親人的心情。前句是虛筆，寫夢境中可愛的兒女，後句則實筆寫出他逐漸消瘦的身影。有杜甫〈月夜〉「今夜鄜州月，閨中只獨看。遙憐小兒女，未解憶長安」的寫作手法與情韻況味。

尾聯：「苦趣不堪重記憶，臨晨獨眺遠山青。」第一句中的「重」是「一再地」之意，這個字點出了思鄉的「苦趣」與「不堪」。一顆心已經不能再承受這種一再回憶故鄉的痛苦，可是又能如何呢？只能一早起來獨自望著遠處的青山，吞進一切無奈。

作者

沈光文（1612－1688），字文開，號斯庵，明朝浙江鄞縣人。少以明經貢太學，福王時，為工部郎。隆武時，升為太僕少卿。永曆三年（西元一六四九年），想搬家到泉州，遇到大颱風，飄到臺灣。永曆十五年（西元一六六一年），鄭成功收復臺灣，得知沈光文的消息，先送食物，又送田宅。鄭成功死後，鄭經繼立，大改朝政。沈光文作賦諷刺，鄭經派人殺他，他逃往羅漢門山中。又到目加溜灣社，教學、行醫。明鄭亡後，清朝的福建總督姚啟聖，曾經想安排他回福建任官，他沒答應，就終老在臺灣。

沈光文在臺灣住了三十多年，親眼目睹荷蘭治臺和明鄭興衰的過程，留下不少見證的作品。他在此地設教收徒，後人尊稱他為臺灣教育的先驅始祖。著有《臺灣輿圖考》、《草木雜記》、《流寓考》、《臺灣賦》、《文開詩文集》等。

課文

暫將一葦❶向東溟，來往隨波總未寧。
忽見遊雲歸別塢❷，又看飛雁落前汀❸。
夢中尚有嬌兒女，燈下唯餘瘦影形。
苦趣不堪重記憶，臨晨獨眺遠山青。

注釋

❶一葦　紮葦草當筏，後為小船的代稱。《詩經．衛風．河廣》：「誰謂河廣，一葦杭之。」（杭通「航」。）蘇軾〈赤壁賦〉：「縱一葦之所如，凌萬頃之茫然。」

❷塢　音ㄨˋ，凡四面高中央低下的叫作「塢」。

❸汀　音ㄊㄧㄥ，水邊的平地、小洲。

問題討論與習作

一、作者生平中所提到的「目加溜灣社」，即今臺南市善化區。在善化火車站北邊約一百五十公尺處，有沈光文紀念碑；善化區的慶安宮，有沈光文的神位。沈光文亦曾為善化耆老奉祀為文昌君，是全省普遍所祀「五文昌」之外，獨特的「六文昌」。有空可否走一趟善化，瞻仰先賢的高風亮節？

第四課 貧賤夫妻

鍾理和

導讀

本文選自《鍾理和全集》集一，為自傳體的小說，文中的平妹是作者妻子鍾台妹的化身，作者以第一人稱敘述從療養院出院返家後，夫妻為了生活而備嘗艱辛的故事。

全篇分成五段：首段敘丈夫出院返鄉，妻子攜兒來接，三年的分離，百感交集，兩人的婚姻幾經波折才結合，經過時間的考驗更顯真摯；次段寫團聚的歡愉馬上被沉重的家計給沖淡，見妻子日夜操勞，因而決心分擔家務，與妻子角色互換；三段敘述妻子為增加收入，冒險到山裡掮木頭，身為男人與丈夫，內心飽受煎熬；四段描述妻子被林警追逐的過程，危急的場面與丈夫的驚懼，躍然紙上，充滿藝術效果；末敘妻子歷劫歸來，強忍身體痛楚，丈夫則心疼落淚。

元稹的〈遣悲懷〉雖云：「貧賤夫妻百事哀」，本文卻刻畫出夫妻之間的患難見真情，全篇細膩的手法與真實的情感，都深深地打動讀者。

作者

鍾理和（1915—1960），筆名江流，臺灣屏東人。他的學歷僅是日據時代的小學高等科畢業，再加一年半的村塾——讀漢詩，卻能無師自通地用白話文寫作，少年時代即矢志投入文學。十八歲到父親所經營的笠山農場（高雄美濃）工作，結識同姓女子台妹，兩人的婚姻不見容於當時保守的社會，迫使他在一九四〇年攜台妹遠走中國東北的瀋陽，旅居瀋陽、北京期間鍾理和開始專事寫作，並在北京出版第一本，也是生前唯一一本作品《夾竹桃》。戰後返回臺灣，不久即因染肺疾入院治療，經三年多的治療始出院。返家後過著在家療養的生活，並展開另一階段的寫作生涯。

鍾理和的作品非常貼近他真實的人生行程，包括北京的見聞、為同姓之婚與舊社會抗爭、患病的生死體驗、從大少爺到貧病交迫的人生波折……這些從生活經驗中鍛鍊出來的文字，充滿人性的光芒與人生的智慧。

《新版鍾理和全集》二〇〇九年由長子鍾鐵民增補遺漏、修訂加注，重新整理完成，並由孫女鍾舜文繪製插圖，包含短篇小說、中篇小說、長篇小說、散文與未完稿、日記、書簡、特別收錄等共八卷作品。其中《原鄉人》曾拍攝成電影。目前高雄美濃建有鍾理和紀念館。

課文

1

下了糖廠的五分車❶，眼睛往四下裡搜尋，卻看不見平妹的影子。我稍感到意外。也許她沒有接到我的信，我這樣想：否則她是不能不來的，她是我的妻，我知道她最清楚。也許她沒有趕上時間，我又這樣想：那麼我在路上可以看見她。

於是我提著包袱，慢慢向東南山下自己的家裡走去。已經幾年不走路了，一場病，使我元氣盡喪，這時走起路來有點吃力。

我離開家住到醫院裡，整三年了，除開第二年平妹來醫院探病見過一次，就再沒有見過，三年間無日不在想念和懷戀中捱過。我不知道這三年的日子她們在家裡怎樣度過，過得好？或不好？雖然長期的醫藥費差不多已把一份家產蕩光❷，但我總是往好裡想她，也許並不是想，而只是這樣希望著也說不定。我願他們過得非常之好，必須如此，我才放心。

固然我是這樣的愛她，但是除開愛，還有別種理由。

我和平妹的結合遭遇到家庭和舊社會的猛烈反對，我們幾經艱苦奮鬥，不惜和家庭決裂，方始結成今日的夫妻。我們的愛得來不易，惟其如此，我們甘苦與共，十數年來相愛無間。我們不要高官厚祿，不要良田千頃，但願一所竹籬茅舍，夫妻倆不受干擾靜靜地生活著，相親相愛，白頭偕老，如此盡足。

我們起初在外面，光復第二年又回到臺灣，至今十數年夫妻形影相隨，很少分開。想不到這次因病入院，一住三年。我可以想像在這期間平妹是多麼懷念和焦慮，就像我懷念和焦慮一樣。

一出村莊，一條康莊大道一直向東伸去，一過學校，落過小坡，有一條小路岔向東北。那是我回家的捷徑。我走落小坡，發現在那小路旁——那裡有一堆樹蔭，就在那樹蔭下有一個女人帶一個孩子向這邊頻頻抬頭張望。

那是平妹呢！

我走到那裡，平妹迎上來接過我手中的行李。

「平妹！」我壓抑不住我心中的激動。

平妹俯首。我看見她臉上有眼淚滾落，孩子緊緊地依在母親懷中，望著我，又望望母親。我離開時生下僅數個月的立兒，屈指算來已有四歲了。

我看著平妹和孩子，心中悲喜交集，感慨萬千。

平妹以袖揩淚，我讓她哭一會兒。三年間，她已消瘦許多了。

「平妹，」在她稍平靜下來時我開口問她，「妳沒有接到我的信嗎？」

平妹靜靜地抬起眼睛；眼淚已收住了，但猶閃著濕光。

「接到了。」她說。

「那妳爲什麼不到車站接我呢？」

「我不去，」她囁嚅❸地說，又把頭低下，「車站裡人很多。」

「妳怕人呀？」

我又想起有一次我要到外面去旅行，期間二週，平妹送我上車站時竟哭了起來，好像我要出遠洋，我們之間有好多年的分離。弄得我的心情十分陰沉。

「妳不要別人看見妳哭，是不是？」

平妹無言，把頭俯得更低了。

我默然良久，又問：

「我回來了，妳還傷心嗎？」

「我太高興了！」她抬首，攀著孩子的下巴：「爸爸呢，你怎麼不叫爸爸？在家裡你答應了要叫爸爸的！」

這時我們已漸漸地把激動的情緒平抑下來，她臉上已有幾分喜意了。

我又問平妹：

「妳在家裡過得好不好？」

平妹悽然一笑。「過得很好！」

我茫然看著，一份愧歉之情油然而生。

我拿起她的手反覆撫摸。這手很瘦，創傷密佈，新舊皆有；手掌有滿滿厚厚的繭兒。

我越看越難過。

「妳好像過得很辛苦。」我說。

平妹抽回自己的手。「不算什麼。」她說，停停，又說：「只要你病好，我吃點苦，沒關係。」

2

家裡，裡裡外外，大小器具，都收拾得淨潔而明亮，一切井然有序，一種發自女人的審慎聰慧的心思的安詳、和平、溫柔的氣息支配著整個的家，使我一腳踏進來便發生一種親切、溫暖和舒適之感。這種感覺是當一個人久別回家後才會有的，它讓漂泊的靈魂靜下來。

然而在另一方面，我又發覺我們的處境是多麼困難、多麼惡劣，我看清楚我一場病實際蕩去多少財產，我幾乎剝奪了平妹和二個孩子的生存依據。這思想使我痛苦。

「也許我應該給你們留下財產，」晚上上床就寢時我這樣說，「有那些財產，妳和二個孩子日後的生活是不成問題的。」

「你這是什麼話，」平妹不樂地說，「我巴不得你病好出院回來，現在回來了，我就高興了。你快別說這樣的話，我聽了要生氣。」

我十分感動，我把她拉過來，她順勢伏在我的肩上。

「人家都說你不會好了，勸我不要賣地，不如留起來母子好過日子。可是我不相信你會死。」過了一會兒之後她又文靜的開口：「我們受了那麼多的苦難，上天會可憐我們。我要你活到長命百歲，看著我們的孩子長大成人，看著我在你跟前舒舒服服地死去；有福之人夫前死，我不願意自己死時你不在身邊，那會使我傷心。」

我們留下來的唯一產業，是屋東邊三分餘薄田，在這數年間，平妹已學會了莊稼人的全副本領：犁、耙❹、蒔❺、割，如果田事做完，她便給附近大户人家或林管局造林地做工。我回來那幾天，她正給寺裡開墾山地。她把家裡大小雜務料理清楚，然後拿了鐮刀上工，到了晌午或晚邊，再匆匆趕回來生火做飯。她兩邊來回忙著，雖然如此，她總是掛著微笑做完這一切。

有一天，她由寺裡回來，這時天已黑下來，她來不及坐下喘息，隨手端起飯鍋進廚房。我自後邊看著她這份忙碌，心中著實不忍，於是自問：爲什麼我不可以自己做飯？

翌日我就動手做，好在要做大小四口人吃的飯並不難，待平妹回來時我已把午膳預備好了。開始，平妹有些吃驚，繼之以擔心。

「不會累壞的，」我極力堆笑，我要讓她相信她的憂慮是多餘的，「我想幫點忙，省得妳來回趕。」

由是以後，慢慢地我也學會了一個家庭主婦的各種職務：做飯、洗碗筷、灑掃、餵豬、縫紉和照料孩子；除開洗衣服一項始終沒有學好。於是在不知不覺中我們完成了彼此地位和責任的調換；她主外，我主內，就像她原來是位好丈夫，我又是位好妻子。

假使平妹在做自己田裡的活兒，那麼上下午我便要沏壺熱茶送到田裡去，一來給她喝，也可讓她藉此休息。我想一個人在作活流汗之後一定喜歡喝熱茶的。

我看著她喝熱茶時那種愉快和幸福的表情，自己也不禁高興起來。雖然我不能不讓她男人似的作活，但仍然希望她有好看的笑顏給我看：只要她快樂，我也就快樂。

3

物質上的享受，我們沒有份兒，但靠著兩個心靈眞誠堅貞的結合，在某一個限度上說，我們的日子也過得相當快樂，相當美滿。我們的困難主要是經濟上的。我們那點田要維持一個四口之家是很難的，而平妹又不是時常有工可作，所以生活始終搖擺不定。

有天傍晚，我們在庭中閒坐。庭上邊的路上這時走過幾十個掮[6]木頭的人，裡面居然還有少數女人。他們就是報上時常提到的盜伐山林的人。他們清早潛入中央山脈的奧地[7]去砍取林管局的柚木，於午後日落時分掮出來賣與販子。

我們靜靜地看著這些人走過。忽然平妹向我說：「我想明天跟他們一塊去掮木頭！」

「妳？掮木頭？」

我不禁愕然。隨著掮木頭人渾身透濕、漲紅面孔、呼吸如牛喘的慘相在我面前浮起。我的心臟立刻像被刺上一針，覺得抽痛。那是不可能的事。

「平妹，」我用嚴明的口氣說，但我聽得出我在哀求，「我們不用那樣做，我們吃稀點就對付過去了。」

話雖如此，但我們的日子有多難，我自己明白。最可悲的是：我們似乎又沒有改善的機會，加之事情往往又不是「吃稀點」便可以熬過去的。

柴米油鹽醬醋茶，對於他人是一種享受，但對於我們，每一件就是一種負擔，常人不會明白一個窮人之家對這些事有著怎樣的想法。我吃了這把年紀也是到了現在才明白，有許多在平常人看來極不相干的事，窮人便必須用全副精神去想，去對付。

到了孩子入學，教育費又是我們必須去想去對付的另一件事。此外，還有醫藥費等，雖然我已用不著每天吃藥了。壓力來自各方。

終於有一天，平妹掮木頭去了！

我默然目送平妹和那班人一道兒走上山路，有如目送心愛的人讓獄卒押上囚室一樣，心中悲痛萬分。我從來沒有像這時一樣的怨恨自己的軟弱無能。我清楚覺得到我們之間有一種不可抗拒的力量在殘酷無情地支配著我們的生活和行動，我們的意志已被砍去了手和腳。

日頭落山後不久，平妹很順利地掮著木頭由後門回來了。她的上衣沒有一塊乾燥，連下面的褲子也濕了大半截；滿頭滿臉冒著汗水，連頭髮也濕了；這頭髮蓬亂異常，有些被汗水膏❽在臉上，看上去，顯得兇狠剽悍。平妹看見我便咧❾開嘴巴，但那已不是笑，壓在肩上的木頭把它扭歪得不知像什麼。霎時我心中有股東西迫得我幾乎喊出來。但實際我只一言不發地把頭別開；我不忍看，也不敢問。

她把木頭掮進屋裡，依著壁斜放著。那是一支柚木，帶皮，三寸半厚，丈三尺長，市價可值二十幾元。平妹一出來，我就把門關上，至晚，不提一個字——我怕提起木頭兩個字。

「你不高興我掮木頭呢！」

平妹終於開口問我，我的緘默似乎使她難過。

「不是我喜歡掮木頭，」她向我解釋，但那聲音卻是悽愴的，「爲了生活，沒有辦法！」

事實上，我也不清楚自己此時的心境如何，那是相當複雜而矛盾的，這裡面似乎有恨，有悲哀，也有憂懼。恨的是自己為人丈夫不但不能保有妻子，反要賴其贍養；悲哀的是妻子竟須去捎木頭；而木頭那端，我彷彿看到有一個深淵，我們正向那裡一步一步地接近，這又是我所懼怕的。

4

第二天，平妹又要去捎木頭。我給她捏了兩丸飯團，用麻竹葉包好，然後包在她洋巾裡讓她帶去，這就無須帶飯盒，吃完扔掉，省得身上多一份累贅；在這種場合，身子越輕快越好。

這天一到中午，我便頻頻向東面山坡看望，一來盼望平妹回來心切，其次也要看看有無異樣的人進出。那是很重要的，因為這關係著捎木頭人的安危。

本地工作站，雖然經常派有數名林警駐紮，但如果上頭林管機關不來人，平日便不大出動，出動了也不甚認眞。這樣的日子大抵是安全的。但如果上頭來人，情形就兩樣了。為了安全，捎木頭的人共同僱有專人每天打聽消息，一有不穩，立刻潛進山裡送信。他的神通廣大，時常林管機關還不曾動身，他就先知道了。可惜的是：他愛喝酒和賭博，一喝起來或一賭起來，就什麼都不管了，這是捎木頭的人所最不能放心的。

中午一過，忽有三四個白衣人物由南邊進來了。我伏在窗格上足足看了幾分鐘。糟了，林管機關的人呢！

由此發現以後，我走進走出，起坐不寧。我時常走到庭邊朝東面山上察看動靜。那裡有兩條路，在寺下邊分岔，一向東，一稍偏東北；向東那條須經過工作站門口，所以掮木頭的人都願意走另一條。如果風聲不好，二條路都不能走，他們便須翻山越嶺由別處遁走。果眞這樣，那就可憐了。但願不致如此。

我想起送信的人，我不知道這酒鬼做什麼去了，到現在還不見影子，眞眞該死！太陽向西邊斜墜，時間漸漸接近黃昏。沒有動靜。也看不見送信人的身影。我的心加倍焦急，加倍不安。看看日頭半隱入西邊的山頭了，黃昏的翳影向著四周慢慢流動，並在一點點加深、加濃。又是生火做飯的時候了。

突然，庭外面的路上有粗重的腳步聲匆匆走過。我一看，正是那該死的酒鬼，走得很急，幾乎是跑。

「平妹去了，阿和？」他邊走邊向我這裡喊。

「去了。他們在哪裡？」我問。

「枋寮[10]。」

「你——」

但酒鬼已走遠了。

我一邊做事，一邊關心東面山口。這是緊要關頭，是林警出動拿人，而掮木頭的人偷越防線的時候。如果不幸碰著，小則把辛苦掮出來的木頭扔掉，人可以倖免；大則人贓俱獲，那麼除開罰鍰⓫，還要坐牢三月，賴以扶養的家族在這期間如何撐過，那只有天曉得了。

天，眼看要黑了，卻一點動靜都沒有，事情顯見得不比尋常了。掮木頭的人怎麼樣？林警是否出動了？送信人是否及時趕到？他為什麼這樣遲才趕來呢？這酒鬼！

天已完全黑下來，新月在天。我讓兩個孩子吃飽飯，吩咐老大領著弟弟去睡，便向東面山口匆匆跑去，雖然明知自己此去也不會有用處。

走到寺下邊彎入峽谷，落條河，再爬上坡，那裡沿河路下有一片田。走完田壟，驀然前邊揚起一片吶喊。有人大聲喝道：「別跑！別跑！」還有匯成一片的「哇呀——」像一大群牛在驚駭奔突。

我奮不顧身地向前跑去，剛跑幾步，迎面有一支人沿路奔來，肩上掮著木頭。我一閃，閃進樹蔭，只見五六個男人急急惶惶跑過，氣喘吁吁，兩個林警在後面緊緊追趕，相距不到三丈「別跑！別跑！」林警怒吼。蹦！蹦！蹦！蹦！顯然男人們已把木頭扔掉了。

我走出樹蔭，又向裡面跑。沿路有數條木頭拋在地上。裡面一疊聲在喊：「那裡！那裡！」只見對面小河那向空曠的田壟裡有無數人影分頭落荒逃走，後面三個人在追，有二個是便衣人物，前面的人的肩上已沒有木頭。

「站著，別跑，╳你媽的！」有聲音在叱喝，這是南方口音的國語。

另一股聲音發自身邊小河裡，小河就在四丈近遠的路下邊，在朦朧的月光下竄出二條人影，接著又是一條，又再一條。第三條，我看出是女人，和後面的林警相距不到二丈。小河亂石高低不平，四條人影在那上面跌跌撞撞，起落跳躍。俄而女人身子一踉蹌，跌倒了，就在這一剎那，後面的人影一縱身向那裡猛撲。

哎呀！

我不禁失聲驚叫，同時感到眼前一片漆黑，險些兒栽倒。待我定神過來時，周遭已靜悄悄地寂然無聲了，銀輝色的月光領有了一切。方才那掙扎、追逐和騷動彷彿是一場噩夢。但那並不是夢，我腳邊就有被扔掉的木頭，狼藉一地。我帶著激烈的痛苦想起：平妹被捉去了！

5

我感到自己非常無力，我拖著兩條發軟的腿和一顆抽痛的心向回家的路上一步一步走去。在小河上，我碰見兩個林警和三個便衣人物，他們都用奇異和猜疑的表情向我注視。不知走了多少時間，終於走到自己的家，當我看見自窗口漏出的昏黃燈光時我感到無比的孤獨和淒涼。但當我一腳踏進門時我又覺得我在作夢了，以致一時呆在門邊。呵，平妹竟好好地坐在凳子上！她沒有被林警捉去，我心愛的妻！

「平妹！平妹！」

我趨前捉起她的手熱情地呼喚，又拿到嘴上來吻，鼻上來聞，我感覺有塊灼熱的東西在胸口燃燒。

「你到哪裡去啦？」平妹開口問我。

但我聽不見她的話，只顧說我自己的：「我看見妳被林警捉去。」

「我？」平妹仰著臉看我。「沒有，」她緩緩地說，「我走在後邊：我看見前邊林警追人，就藏進樹林裡。不過我翻山時走滑了腳，跌了一跤，現在左邊的飯匙骨[12]跟絞骨[13]有些作痛，待一會兒你用薑給我擦擦。」

我聽說，再看她的臉，這才發現她左邊顴骨[14]有一塊擦傷，渾身，特別是左肩有很多泥土，頭髮有草屑。

我拿了塊薑剖開，放進熱灰裡煨[15]得燙熱，又倒了半碗酒，讓平妹躺在床上。解開衣服一看，使我大吃一驚：左邊上至肩膀，下至腿骨，密密地佈滿輕重大小的擦破傷和瘀血傷。胯骨處有手掌大一塊瘀血，肩胛則擦掉一塊皮，血跡猶新。我看出這些都是新傷。擦傷，我給她敷上盤尼西林，瘀血的地方，我用熱薑片醮上酒給來回擦搓；擦胯骨時平妹時時低低地呻吟起來。

「平妹，妳告訴我，」我問，「妳是剛才在小河裡跌倒的，是不是？」

平妹不語。經我再三追問，她才承認確是在小河跌倒。

「那妳爲什麼要瞞住我？」我不滿地說，「妳的傷勢跌得可並不輕。」

「我怕你又要難過。」她說。

剛才那驚險緊張的一幕又重新浮上我的腦際，於是一直被我抑止著的熱淚涔涔然滴落。

我一邊擦著，一邊想起我們由戀愛至「結婚」而迄現在，十數年來坎坷不平的生活，那是兩個靈魂的艱苦奮鬥史，如今一個倒下了，一個在做孤軍奮鬥，此去困難重重，平妹一個女人如何支持下去？可憐的平妹！

我越想越傷心眼淚也就不絕地滾落。

平妹猛的坐起來，溫柔地說：「你怎麼啦？」

我把她抱在懷中，讓熱淚淋濕她的頭髮。

「你不要難過，」平妹用手撫摸我的頭，一邊更溫柔地說，「我吃點苦，沒關係，只要你病好，一切就都會好起來。」

兩個孩子就在我們身邊無知地睡著，鼻息均勻、寧靜。

第二天，無論如何我不讓她再去掮木頭，我和她說我們可以另想辦法。

後來我在鎮裡找到一份適當的差事——給一家電影院每日寫廣告，工作輕鬆，而且只二小時即可做完，餘下的時間仍無妨療養，雖然報酬微薄，只要我們省吃儉用，已足補貼家計之不足，平妹已無須出外做工了。

雖然如此，我只解決了責任和問題的一半，還有一半須待解決，那就是——我的病。我必須早日把它克服，才對得起平妹，我的妻！

注釋

❶五分車　是臺糖早期載運甘蔗的小火車，因其車身、軌距較一般火車小一半而得名，過往還兼有載客的功能。目前已停止載貨，當作為觀光之用。

❷蕩光　用光。

❸囁嚅　音ㄋㄧㄝˋ　ㄖㄨˊ，欲言又止。

❹耙　整地。

❺蒔　移植

❻掮　音ㄑㄧㄢˊ，以肩扛物。

❼奧地　幽深之處。

❽膏　黏。

❾咧　音ㄌㄧㄝˇ，向旁邊張開。

❿罰鍰　罰金。鍰，音ㄏㄨㄢˊ。

⓫枋寮　客語，工寮之意。

⓬飯匙骨　肩胛骨。

⓭絞骨　坐骨。

⓮顴骨　面頰兩旁眼睛下方突起的骨。顴，音ㄑㄩㄢˊ。

⓯煨　音ㄨㄟ，置物於灰燼中燒熟。

問題討論與習作

一、建議以下兩種視聽教材擇一觀賞，觀後並進行討論。

(1)春暉國際發行作家身影系列(二)影碟，輯六，《人生的凱歌——鍾理和》

(2)鍾理和傳記電影——《原鄉人》（秦漢、林鳳嬌主演）

討論題綱：

(1)對於鍾理和這位倒在血泊中的筆耕者（陳火泉語），有何想法？

(2)鍾理和與平妹的愛情故事，有哪些細膩又動人的描述？

二、請利用課餘至國家文學館（臺南市中正路一號）參觀，可以多了解臺灣的作家。

第五課　生日

李黎

導讀

本文選自《悲懷書簡》，內容敘述喪子之痛。從孩子誕生的狂喜、每年費心為他慶生，到面對孩子的生日卻無人可慶的失兒之痛。愛兒的生日，竟成母親悲劇誕生之日，人生巨大的傷痛，莫過於此，令讀者不勝唏噓。一九八九年，李黎長子發現罹患先天性心臟血管發育異常症，旋即以十三稚齡過世。李黎以《悲懷書簡》一書悼念亡兒，療治悲痛。經此傷痛，李黎作品偶或以其子為創作原型，蘊含對亡兒的悼念。李黎自言：「生命中發生了很大的變故，如果要繼續活下去，便需要做很多努力——我做了，包括寫了許多發表和未發表的文字。當然都不是小說，待自己可以重新寫小說時，便知道自己是可以繼續好好的活下去」，可知創作是李黎療癒悲傷、拾回活下去勇氣的方式。本文選文目的有二：其一希望同學藉著閱讀母親失去孩子的悵然，能理解每個人的存在，對周遭的人都有深刻的意義，更加珍惜自己的生命；其二，面對突如其來的人生關卡時，透過分享，讓彼此學習因應的對策，以降低悲傷的情緒，勇敢走向未來之路。

作者

李黎（1948—），原名鮑利黎，筆名有黎陽、薛荔、李黎等。原籍安徽省和縣，出生於江蘇省南京市。襁褓之齡，跟隨家人來到臺灣，十七歲時，以散文〈屬於三月的〉初試啼聲，榮獲高雄市青年寫作節散文第一名。就讀臺灣大學歷史系期間，時而在《台大新聞》及《大學論壇》發表新詩和散文，後赴美於普渡大學攻讀政治學碩士。留美期間，接觸許多在台灣被查禁的書籍，對其文學思想有重大的啓蒙，第一篇正式發表的小說《譚教授的一天》即是在這樣的時空背景下完成。李黎創作內容多元，包括家庭、旅行、鄉愁、生活、評論皆可入題。早期以小說創作為主，近年來致力於散文創作。著作有《最後夜車》、《浮世》、《袋鼠男人》、《浮世書簡》、《尋找紅氣球》、《玫瑰蕾的名字》。其中《袋鼠男人》為其代表作，以先進生殖醫學的觀念，體現了新時代兩性共同關切的話題——「男性懷孕」，一九九二年出版後，在文壇引發討論熱潮，後改編為同名電影。

課文

生日

今天是一九九〇年一月二十六日。如果天天還在世，今天滿十四歲。

記得有位父執輩，對人們高高興興地慶祝生日頗不以爲然，嘗謂人的生日其實該稱作「母難日」，因爲那天是身爲產婦的母親受苦受難甚至有生命危險的日子，所以每年他的生日那天他都嚴肅地，甚至有點感傷地默默思念他的母親云云。我聽到這番話時年紀還小，只覺似有幾分道理很難反駁，但又有一種直覺，覺得話中有一種說不出的矯情。

待我自己做了母親時就發覺當年的直覺是對的。孩子的生日固然是母親身體受苦的日子，但她精神上的快樂是無可比擬的，那肉體上短暫的痛苦與這分快樂相比眞是過眼煙雲、微不足道。

我對「快樂」的定義是很苛刻的，回想自己這四十年，有成人意識的年歲中能稱得上眞正「快樂」的只是幾段刹那時光；十四年前那一天正是其中之一。我因爲動手術生產，全身麻醉——那眞是一場小規模的死亡經驗。然後在意識逐漸清醒的時候，好像黑暗中漸漸有了一點一點的光，我聽到耳邊有人在喚我的名字，並且說：「妳有了一個孩子——」我覺得那好似天使的聲音。我像是沒有嚅動嘴唇就出聲問了：「是男孩還是女孩？」那聲音說：「是男孩，妳睜開眼看看。」我眞的一下就睜開了眼睛，模模糊糊地看到面前一團粉紅色的小東西，好像正在哭，可是我既不確定也不記得了；只知道自己似乎微笑了一下，吃力地說了句什麼卻沒有說成，然後便又昏昏睡去。在失去意識前的那一刹那，我清晰地感到自己全身浸浴在一種從未曾經歷過的快樂之中，那是一種平靜的狂喜，一種最高的滿足愉悅狀態——

以後幾天我住在醫院裏，窗外是馬利蘭州冬日漫天的大雪；溫暖病房裏，我像讀一本最神奇的無字書一般地讀著懷中的小嬰兒——那麼美好、那麼可愛……我知道許許多多中英文的形容詞彙，可是只能想出這兩個來：如此可愛、如此美好，充滿了一切的不可知，卻又充滿一切的可能。窗外急急忙忙悄無聲息飛落的雪花，看在我眼裏像是千千萬萬活潑嬉笑的白色小精靈，搶著掠過窗户來偷瞧一眼我懷中這個嶄新的小生命。

那幾天大部分的時候他還是要睡在新生嬰兒室裏，父母親們隔著大玻璃看一排一排的小牀（其實是透明長方形小盆子），驕傲地指著自己的小寶貝，並且對其他的嬰兒們品頭論足。「瞧，那個東方小娃已經需要理髮了！」有人說，我一看，可不是嗎，我的寶貝天生一頭濃黑微鬈的漂亮頭髮，在一室若有若無的淡金色絨毛小頭顱中間，還眞搶眼呢！

這個可愛的、美好的小娃娃一天天長大，過了十三個生日。

第一個生日，他大模大樣地坐在一個生日蛋糕前照像，蛋糕上是一支大蠟燭和十二支小蠟燭——每一個月都算。照完幾張完整的蛋糕的像片之後，後來的幾張則是一片模糊的蛋糕殘軀——大部分蛋糕則顯然移位到了小壽星的臉蛋和身上。

兩歲生日依然是一個蛋糕擺在面前照像，照了又照，蛋糕吃了一半，小娃還是乾乾淨淨的——已經是個很懂規矩很乖的娃娃了。

三歲，托兒所老師給他做了頂小紙冠，像個小王子。（那年，他會背誦十首唐詩。）

四歲開始，每回生日都邀請小朋友來舉行宴會。吹蠟燭、唱歌、切蛋糕、拆禮物……形成了慣例，一直到十歲。歷年舉行生日宴的場地也由家中外移到當時孩子們流行的地方，有時是快餐店，有時是冰淇淋店，有連續三年都是在一家「皮薩」店，因爲那家噱頭最大，吸引小孩的花樣最多。

十歲生日那天，我和他爸爸告訴他：這是最後一次請一大羣小朋友來開宴會了，從明年起，他算是長大了，過生日要換個方式度過。那次節目最豐富：一羣小朋友從城北搭上火車坐半小時到城南，再進行吃、喝、遊樂等餘興節目。他的蛋糕是訂製的西部牛仔與印地安人花飾的大蛋糕。

果眞從十一歲起，他的生日那天都是靜靜度過，我們陪他做一件他想做的事情。如果生日那天不是週末，就在最接近生日那天的那個週末帶他和他最要好朋友一起到一處他指定的地方去玩。

十三歲的生日那天是星期四，我在紐約。星期六趕回家與他補過生日，星期天陪他去電動玩具遊樂場。他成爲一個「三九少年」（teenager）了。

我那時當然無從知道：我與他世間的緣分只剩下三個月多一點。當我見他最後一面時，我不禁想到十三年前那第一眼。十三年，如果我能早知天機，預知我倆母子一場竟是如此短暫的話，我會怎麼做？我不知道。

今天是農曆除夕。吃著「年夜飯」，我想的卻是：這該是切蛋糕的時候呢。蛋糕上該點著一支大蠟燭，四支小蠟燭……

十四歲。他同年齡的朋友們都長得比媽媽高了，變了嗓音、喉結凸出、大手大腳，好像不能適應自己的新體型似的憨憨拙拙的，卻又滿溢著少年的活力。每當見到他昔日的朋友我心中都會抽痛，然而又常想見見他們，看他們長得多高多大多成熟了，然後試著想像天天這麼高這麼大會是什麼樣子……卻總也無法想像。我只有記憶，沒有想像；因爲他只給了我過去，沒有給我未來。

有時——很少有的——看到一個極溫雅俊美的東方少年，便會心中一動：過兩三年，天天也會是這模樣嗎？於是試著用這模樣想像他。還是不成。他沒有未來，我也沒有未來。

但是我知道，今後每一年每一個一月二十六日，我都要替他添一歲，然後徒然地試著想像這個歲數的他的模樣。今後的每一年，我都要試著在一塊空白上描繪一個永遠的不可能。

啊，生日，他的第一個生日便是他被生下的那一天，而那個十三年三個月零十一天之後的悲劇，在那一天就已存在、定形了。

生日，即是悲劇誕生之日。

注釋

全文無須註解。

問題討論與習作

一、從小到大，家人朋友如何為你慶生？對你而言，生日具有何種意義？

二、人生中無可避免會遭遇到一些難關、挫折及打擊，你曾面對哪些生命的挑戰？當下的反應為何？你又是如何度過這些關卡的，可否與同學分享？

社會關懷

第一課　東門行／佚名
第二課　茅屋爲秋風所破歌／杜甫
第三課　山坡羊驪山懷古／張養浩
第四課　病梅館記／龔自珍
第五課　李花村／李家同
第六課　母與子／張錯

第一課　東門行

佚名

導讀

〈東門行〉選自宋郭茂倩《樂府詩集》卷三十七〈相和歌辭〉。樂府，本是漢代官署，其職掌在採集民歌，以及為朝廷創作詩歌。後來就將樂府所採集來的歌謠稱作樂府或樂府詩。在形式上，由於樂府是配樂而唱的歌詞，所以樂府詩的形式由其題目，即調名來決定；在內涵上，則是各時代、各地區百姓的心聲與生活寫照，具有強烈的社會寫實風格。現存的樂府民歌多為東漢時期之作品。宋人郭茂倩所編的《樂府詩集》是收錄樂府民歌最多的一本著作。

〈東門行〉是一首形象生動的樂府詩，描寫在民不聊生的時代，身負家計的男主人，在貧困逼迫下，只好鋌而走險，準備為非作歹。溫婉理性的妻子雖極力勸阻，然而男子在絕望之餘還是毅然地拔劍而去。整首詩並不完整地交代故事的結尾，但讀者自可想見悲劇的必然性，亦彷彿可聽聞那個時代苦難大眾求助無門的悲哭。此詩除了反映人民痛苦心聲外，亦在責備當政者的無道，這也是民間歌謠最主要的功能——觀風俗，知得失。本詩只有短短七十餘字，但表現了令人驚心動魄的戲劇張力，將漢代窮士無所依託的絕望心情，刻鏤得淋漓盡致。

作者

佚名

課文

出東門，不顧歸；來入門，悵❶欲悲。盎❷中無斗米儲，還視架上無懸衣。拔劍東門去，舍中兒母❸牽衣啼：「他家但願富貴，賤妾與君共餔糜❹。上用❺倉浪天❻故，下當用此黃口兒❼。今非❽！」「咄❾！行！吾去爲遲！白髮時下難久居❿。」

注釋

❶悵　失意不痛快。
❷盎　音ㄤˋ，用以裝米，腹大口小的瓦盆。
❸兒母　即今口語的「孩子的母親」。
❹餔糜　音ㄅㄨ　ㄇㄧˊ，食粥。
❺用　為。
❻倉浪天　蒼天。
❼黃口兒　幼兒。
❽今非　猶口語：這是行不通的！
❾咄　音ㄉㄨㄛˋ，呵斥聲，表示呵斥之意。
❿白髮時下難久居　指丈夫謂自己頭髮白了，又時時掉落，能與妻兒相處多久呢？下，脫落。久居，即久處。

問題討論與習作

一、班固《漢書．藝文志》謂兩漢樂府乃「感於哀樂，緣事而發」之作，讀之可以「觀風俗，知厚薄」，請以〈東門行〉為例，分析漢樂府的特色。

二、詩中主角因境遇坎坷，遂憤而「拔劍東門行」，這樣的行為明顯地觸犯法律，你如何看待這樣的人與事？如果是你，你會如何處理這樣的生命困境？

第二課　茅屋為秋風所破歌

杜甫

導讀

唐肅宗至德四年（西元七六二年），杜甫自秦州南行到成都，在朋友的幫助下，費了兩年的經營，在城西浣花溪旁建了一間草堂，生活總算得到暫時的安定。不料到了八月，風雨交加，捲走了屋頂的茅草，整夜裡雨水不斷，讓他感觸良多。

這一首歌大致上可以分為四段：

第一段五句，直寫狂風破屋捲走茅草，將茅草捲過浣花溪南，掛於樹梢，丟進水塘的情景。作者不用主觀的抒情而用客觀的描寫，卻讓我們看見一位飽經風霜的老人，望著破屋，望著散落各處無法收回的茅草，悲傷沉重的身影。

第二段也有五句，接續前段，寫村童於暴風過後，出外撿拾茅草的情形。文字表面寫的是作者的茅草被村童公然拾走，作者呼喊無功。背後的意義卻凸顯了當地居民窮困的景象。若非同樣困苦，就不會連被風吹落的茅草，也成了人人爭取的寶貝。

第三段八句，寫暴風雖然遠颺，但是黃昏的天空如墨般黑，大雨隨時會到。布被子既冷又硬又破，夜裡無一處不濕，無一處不漏雨，漫漫長夜如何熬得天亮。

第四段五句，總綰前面的困苦與無奈，激發出為天下讀書人構建廣大屋宅，讓他們在狂風暴雨夜都能安心無慮的宏願。甚至說，如果有一天，貧窮的讀書人都能有這樣堅固的屋子住，即使只有他屋破人凍死也了無遺憾。充分顯露出他作為讀書人憂國憂民的胸襟與氣度。

作者

杜甫（712—770），字子美，唐朝襄陽人。後來住在長安的杜陵，自號為「杜陵布衣」，又號為「少陵野老」。後人要把他和杜牧分別開來，就稱他為「老杜」，稱杜牧為「小杜」。玄宗時，他獻過賦，在集賢院候缺。安祿山作亂，玄宗逃到四川，肅宗在靈武即位。他去投奔肅宗，肅宗派他做右拾遺，又外放為華州司功參軍。他丟掉這官不做，跑到四川，劍南節度使嚴武推薦他做檢校工部員外郎，所以後人叫他作「杜工部」。他是唐代最偉大的詩人，與李白齊名，世人稱為「李杜」。他的詩多寫當時的實事，所以又有「詩史」之稱號。著有《杜工部集》。後人尊稱他為「詩聖」。

課文

八月秋高風怒號，卷我屋上三重茅❶。
茅飛渡江灑江郊❷，高者掛罥長林梢❸，下者飄轉沉塘坳。
南村群童欺我老無力，忍能對面爲盜賊❹。
公然抱茅入竹去，脣焦口燥呼不得，歸來倚杖自嘆息。
俄頃風定雲墨色，秋天漠漠向昏黑❺。布衾多年冷似鐵❻，嬌兒惡臥踏裡裂❼。
床頭屋漏無乾處，雨腳如麻未斷絕❽。自經喪亂少睡眠，長夜沾濕何由徹❾！
安得廣廈千萬間，大庇天下寒士俱歡顏，風雨不動安如山！

嗚呼！何時眼前突兀見此屋⑩，吾廬獨破受凍死亦足！

注釋

❶卷我屋上三重茅　一般茅屋係以竹條將茅草夾綁成片，然後一層一層鋪上；被風捲走時，也是一層一層掀起。卷同「捲」。三，言其多。

❷茅飛渡江灑江郊　另有版本為「茅飛渡江滿江郊」，指茅草被大風吹過浣花溪，散落在溪邊岸上。

❸高者掛罥長林梢　飛過浣花溪的茅草有的高高地繞掛在樹梢。罥，音ㄐㄩㄢˋ，纏繞，牽掛。

❹忍能對面為盜賊　怎能忍心當著我的面像強盜一樣？忍，忍心。

❺秋天漠漠向昏黑　漠漠，灰濛濛的樣子。向，將近。

❻布衾多年冷似鐵　蓋了許多年的被子又硬又冷。布衾，布縫的被子。

❼嬌兒惡臥踏裡裂　小孩子睡姿不佳，把被裡子都踢破了。

❽雨腳如麻未斷絕　雨水紛亂流瀉下來，沒有停止的時候。

❾長夜沾濕何由徹　漫漫長夜裡到處濕透，如何能熬到天亮。徹，徹曉，到天亮的意思。

❿何時眼前突兀見此屋　什麼時候能見到這樣高聳的廣廈。突兀，指「廣廈」高聳。見，即現。

問題討論與習作

一、杜甫雖然窮困，但是他關懷天下人的心永遠不減；他不求自己的享受，卻希望天下的讀書人都能居廣廈，日日歡顏。請問，如果你有能力，你會認養家扶中心的孩子嗎？

二、你曾經見過茅草屋，或走進茅草屋，甚至住過茅草屋嗎？請說說你的感受。

第三課　山坡羊　驪山懷古

張養浩

導讀

本篇選自《全元散曲》。是作者晚年到陝西賑災時所作懷古小令，旨在藉弔古引發「人世無常」的概嘆。

首句「驪山四顧」即點出懷古主題，「阿房一炬」則敘述歷史的悲劇事件。驪山是秦始皇阿房宮所在地，當年規模宏大、極盡奢華的阿房宮，早已付之一炬。「當時奢侈今何處？」「只見草蕭疏，水縈紆。」三句設問自答，寫出往昔帝王的野心與豪奢所建的宮殿，如今只是一片荒煙蔓草的景象，既慨嘆「人世的無常」、「歷史的虛幻」，對殘暴帝王的指控也隱含其中。而「周齊秦漢楚」五個朝代並寫，見出各朝代的急速更迭。最後以「贏，都變作了土，輸，都變作了土。」說明無論哪一個朝代，哪一個帝王，不管誰輸誰贏，轉眼間便灰飛煙滅，最後都成一堆塵土。也對只知爭權奪勢、貪圖一時享受，而不知人世無常的歷代統治者，做出了深刻的嘲諷。

作者

張養浩（1269—1329），字希孟，號雲莊，元山東濟南人。

曾任監察御史、禮部尚書等職，因直言敢諫，得罪當朝權貴，致遭構陷而罷官，歸隱田園。六十歲時，因關中大旱，拜陝西行臺中丞，前往救災，因積勞成疾，死於任上。

張養浩的散曲題材廣泛，或描寫田園風光，或關懷民生疾苦，或感懷世情，風格則飄逸、婉麗兼而有之。散曲有《雲莊休居自適小樂府》傳世，詩文集有《歸田類稿》。《全元散曲》收其小令一百六十二首、套曲二套。

課文

驪山❶四顧，阿房一炬❷，當時奢侈今何處？只見草蕭疏❸，水縈紆❹，至今遺恨迷煙樹。列國周齊秦漢楚，贏，都變作了土，輸，都變作了土。

注釋

❶驪山　秦始皇陵墓所在之地，地在今陝西臨潼縣。

❷阿房一炬　阿房即秦始皇所建阿房宮，後為項羽下令焚毀。

❸蕭疏　蕭條稀疏。

❹縈紆　迴旋彎曲。紆，音ㄩ。

問題討論與習作

一、這首散曲寫出作者的哪一種人生觀，你認同否？為什麼？

二、如果你是秦始皇，你會如何做？統一六國否？建阿房宮否？建驪山陵墓否？

第四課　病梅館記

龔自珍

導讀

本文選自《龔自珍全集》，撰寫於道光十九年（西元一八三九年）。作者辭官南歸，寓居蘇州，看見當時文人畫士不喜歡健康的梅樹，偏愛病態之梅；而一般的商人為了迎合流俗，對健康的梅樹百般摧殘，以換取高價，造成江浙梅樹無不病的慘狀。自珍心生不忍，決心闢館為梅療傷，解開其束縛，恢復自然天性。整篇文章表面上處處寫梅，其實是以梅喻人，藉著梅的悲慘命運來控訴當時不當制度對人才的戕害。全文熔記述、議論和抒情於一爐，含蓄雋永，發人深思。

我們大抵可以從以下兩個角度來欣賞這篇文章：

一、作者以梅自喻的感性立場。在龔自珍的內心深處，自己就像梅的化身，在世俗的拘囿之下，一生鬱鬱不得志；文中為梅「泣之三日」，實乃為自己而哭泣。所以他辭官歸隱，正表示要跳脫這亂世的洪流，尋回自己的本性。

二、藉病梅以諷刺社會的理性立場。龔自珍身處乾隆、嘉慶、道光三朝，眼見當世深受八股文取士、宋明理學及桐城義法的影響，造成思想受禁錮，社會風氣日漸腐敗。有鑑於此，他常常以詩文指摘時弊，議論朝政，主張思想改革。所以本文中的「梅」正象徵當時的人才；「病梅」指人才遭遇壓抑摧殘。文人畫士對梅的評價標準，以致梅樹飽受摧殘的現象，正影射當時不當的制度或習俗對世人思想的箝制。作者療梅的行動與決心，正暗示自己要求個性解放，培育人才的決心。

全文在譏評時政時，又充滿改革社會的決心和勇氣，令人讀之既感憤慨，但又能受到精神鼓舞，這正是龔自珍的作品能撼動人心的原因。

作者

龔自珍，字瑟人，又字伯定，號定盦，清浙江仁和（今浙江省杭州）人。生於清乾隆五十七年（西元一七九二年），卒於道光二十一年（西元一八四一年），年五十。

龔自珍出身名門望族，家學淵源深厚，外祖父段玉裁是小學名家。自幼便博覽群書，貫通百家，從詩文寫作、金石碑版的蒐集，以至於經學、官制等研究，都有相當的造詣。早年即有經世濟民之志，可惜科場考試不順利，直到道光九年（一八二八年）才考中進士。歷任內閣中書、禮部主事等官，職位卑微。

四十七歲時，聞好友林則徐出任欽差大臣，前往廣州查辦夷務，龔自珍上書自薦，願助其查辦鴉片，卻遭婉拒，於是辭官南歸，四處漫遊、講學，感觸甚深，寫下〈己亥雜詩〉，共三百一十五首。後以暴疾卒於丹陽書院。

龔自珍的作品文辭瑰麗清奇，才氣縱橫，自成一格，在詩與散文方面都有重要成就，內容多抒發對當世的批判，反對專制思想與傳統學術的束縛。其言論大膽而精闢，開風氣之先，對於晚清學術思想的改革，具有啟蒙的作用，清末改革家如康有為、梁啟超等人，都受其影響。著作有《龔自珍全集》。

課文

江寧之龍蟠❶，蘇州之鄧尉❷，杭州之西谿❸，皆產梅。或曰：「梅以曲為美，直則無姿；以欹❹爲美，正則無景；以疏爲美，密則無態。」固❺也，此文人畫士，心知其意，未可明詔大號❻，以繩❼天下之梅也；又不可以使天下之民，斫❽直、刪密、鋤正，以夭梅、病梅爲業以求錢也❾。梅之欹、之疏、之曲，又非蠢蠢求錢之民，能以其智力爲也。有以文人畫士孤癖之隱，明告鬻梅者，斫其正，養其旁條，刪其密，夭其稚枝❿，鋤其直，遏其生氣，以求重價，而江、浙之梅皆病。文人畫士之禍之烈至此哉！

予購三百盆，皆病者，無一完者。既泣之三日，乃誓療之、縱之、順之，毀其盆，悉埋於地，解其椶縛⓫，以五年爲期，必復之全之。予本非文人畫士，甘受詬厲⓬，闢病梅之館以貯之。

嗚呼！安得使予多暇日，又多閒田，以廣貯江寧、杭州、蘇州之病梅，窮予生之光陰以療梅也哉！

注釋

❶江寧之龍蟠　江寧，原江寧府，今江蘇省南京市。龍蟠，即鍾山，在南京市中山門外，山勢險峻。

❷鄧尉　山名，在今蘇州市西南。漢朝時鄧尉曾隱居在此，因而得名。前臨太湖，山上多梅樹，花季時節漫山鋪錦，曲徑飛香，以此著名於世。

❸西蹊　在杭州市靈隱山西北松木林，兩岸多茶、竹、

梅，風景優美。

❹欹　音ㄧ，傾斜不正。

❺固　迂腐。一說固然。

❻明詔大號　本指聖明的詔書和君王的號令，這裡指公開宣告、大聲號召的意思。

❼繩　這裡當動詞，衡量、約束的意思。

❽斫　音ㄓㄨㄛˊ，砍。

❾以殀梅、病梅為業以求錢　以斲折梅、損傷梅為職業，以求高價。殀，音ㄧㄠˇ，殘害，折斷。

❿夭其稚枝　折斷它的嫩條。夭，音ㄧㄠˇ，折斷。

⓫椶縛　用繩綑綁。椶，音ㄗㄨㄥ，植物名，其纖維如馬之騣鬣，故名。可能是賣梅者用來綑綁梅樹，以控制其樹枝生長。

⓬詬厲　被他人恥笑。

問題討論與習作

一、試模仿龔自珍〈病梅館記〉的寫作技巧，寫成一篇短文——將自己的內心或個性特色，以一物來做比擬，並說明該物與自己相似之處。

二、你覺得目前臺灣社會，在教育、思想、文化等方面有本文所說的「病梅」現象嗎？試舉例說明之。

三、「託物言志」是中國文學的重要表現形式，請就現實環境與文學效果兩方面來探討中國文人喜歡「託物言志」的原因。

第五課　李花村

李家同

導讀

本文原載於一九九六年三月九日《聯合報》副刊，後收入《陌生人》一書，全文為以第一人稱自述的虛擬故事，敘述張醫生兩度向上蒼祈求，希望以自己的生命，換取病童的存活，因而得以進入李花村的經過。

全篇可分成五段落。首段敘述張醫生徹夜診治幼童的經過。幼童因罹患川崎症而住院，病情急轉直下，眼看無法存活。張醫生首度向上蒼祈求，幼童的病情居然獲得穩定。次段敘述張醫生於接替的王醫生到院後，在回家的路上首次進入李花村的情形。神秘的李花村位於開滿李花的山谷中，生活方式像民國肆零年代的臺灣鄉下，居民生活安詳純樸，張醫生興起留下來的念頭，但因掛心病童而回到醫院，而幼童已奇蹟般脫離險境。三段敘述張醫生雖然想再回到李花村看看，可是再也找不到了。半年後，張醫生為了搶救一位因車禍而顱內出血，幾乎已無生存機會的小孩，再度向上蒼祈求：「只要小孩子活下去，我可以走。」病童竟又奇蹟似的好轉。四段寫張醫生如願以償進入懸念已久的李花村。末段「附記」藉由報紙所登的一則新聞，報導張醫師在停靠路邊的車上安詳過世的情景，增添故事的真實性與懸疑氣氛。

〈李花村〉與陶淵明的〈桃花源記〉具有重疊的寫作方式與意象，都描述主角在無意間造訪了「世外桃源」，差異則在於離去後能否再度進入。武陵人離開桃花源後，懷有機心，因此千方百計尋找仍無所得；而善良慈愛、捨己助人的張醫生卻篤定知道自己可以再進入李花村。王維雖然在〈桃源行〉中將桃花源說成宛若仙境（「靈境」、「仙源」），「初因避地去人間，更聞成仙遂不還」，但桃源中處處洋溢著田園生活的氣息，反映的是王維的美好人間生活理想，主題思想與陶淵明〈桃花源記〉所述基本上一致。而本文「李花村」則成為「彼岸」（天堂、仙境、淨土等）的象徵，在迷離奇幻的故事中，寄託作者所懷抱的具宗教情操的社會關懷。

作者

李家同（1939—）是電腦資訊學者、教育家與作家。出生於上海市，其父李國琙是經濟學家，為清末大臣李瀚章（李鴻章長兄，曾任湖廣及兩廣總督）之孫。

李家同一九六一年自臺灣大學電機系畢業，一九六七年赴美國留學，取得加州大學柏克萊分部電機及計算機系博士，其後在美國政府機構擔任高級研究員。一九七五年回國任教於新竹清華大學，曾任清大教務長兼代校長、靜宜大學校長、暨南國際大學校長，二零零八年退休，次年獲總統府聘為資政，對國局時政、社會正義、人文關懷及教育改革等議題不時於報章媒體提出建言。

李家同是虔誠的天主教徒，大學時期就開始參與社會服務工作，即使在擔任大學校長期間、退休後仍然持續不輟。他特別關懷弱勢族群，長期擔任監獄、啓明學校等單位義工；二零零二年創立「博幼社會福利基金會」，秉持「不能讓窮孩子落入永遠的貧困」的理念，提供弱勢家庭學童課後輔導。二零一一年獲教育部頒予一等教育文化專業獎章，二零一五年獲頒總統府一等景星勳章，表彰他對國家社會卓越的貢獻。

李家同的著作，在專業領域之外，有關中學生如何學習英文、數學的基礎著作為數相當可觀；小說、散文、生活雜論如《讓高牆倒下吧》、《陌生人》、《鐘聲又再響起》、《李伯伯最愛的四〇本書》、《孩子，一個都不放棄》等，文字親切自然，內涵發人深省，頗受讀者肯定，獲得熱烈迴響。

課文

當時只記入山深，青溪幾曲到雲林；
春來遍是桃花水，不辨仙源何處尋。——王維〈桃源行〉❶

孩子送來的時候，看上去還不太嚴重，可是當時我就感到有些不妙，根據我在竹東榮民醫院服務三十多年的經驗，這孩子可能得了川崎症❷，這種病只有小孩子會得，相當危險的。我告訴孩子父母，孩子必須住院，他們有點困惑，因爲小孩子看上去精神還滿好的，甚至不時做些胡鬧的舉動，不過他們很合作，一切聽我的安排。

我一方面請護理人員做了很多必要的檢查，一方面將其他幾位對川崎症有經驗的醫生都找來了，我們看了實驗室送來的報告，發現孩子果眞得了川崎症，而且是高度危險的一種，可能活不過今晚了。

到了晚上十點鐘，距離孩子住院只有五個小時，孩子的情況急轉直下，到了十點半，孩子竟然昏迷不醒了，我只好將實情告訴了孩子的父母，他們第一次聽到川崎症，當我婉轉地告訴他們，孩子可能過不了今天晚上以後，孩子的媽媽立刻昏了過去，他的爸爸丟開了孩子，慌做一團地去救孩子的媽媽，全家陷入一片愁雲慘霧之中。也難怪，這個小孩好可愛，一副聰明相，只有六歲，是這對年輕夫婦唯一的孩子。

孩子的祖父也來了，祖父已經七十五歲，身體健朗得很，他是全家最鎮靜的一位，不時安慰兒子和媳婦，他告訴我，孩子和他幾乎相依爲命，因爲爸爸媽媽都要上班，孩子和爺爺奶奶相處的時間很長。

孩子的祖父一再地說：「我已經七十五歲，我可以走了，偏偏身體好好的，孩子這麼小，爲什麼不能多活幾年？」

我行醫已經快四十年了，以目前情況來看，我相信孩子存活的機會非常小，可是我仍安排他住進加護病房，孩子臉上罩上了氧氣罩，靜靜地躺著。我忽然跪下來作了一個非常誠懇的祈禱，我向上蒼説，我願意走，希望上蒼將孩子留下來。理由很簡單，我已六十五歲，這一輩子活得豐富而舒適，我已對人世沒什麼眷戀，可是孩子只有六歲，讓他活下去，好好地享受人生吧！

孩子的情況居然穩定了下來，但也沒有改善，清晨六時，接替我的王醫生來了，他看我一臉的倦容，勸我趕快回家睡覺。

我發動車子以後，忽然想到鄉下去透透氣，於是沿著路向五指山[3]開去，這條路風景奇佳，清晨更美。

忽然我看到了一個往李花村的牌子，這條我已經走過了幾十次，從來不知道有叫李花村的地方，可是不久我又看到往李花村的牌子，大概二十分鐘以後，我發現一條往右轉的路，李花村到了。到李花村不能開車進去，只有一條可以步行或騎腳踏車的便道。

走了十分鐘，李花村的全景在我面前一覽無遺，李花村是一個山谷，山谷裡漫山遍野地種滿李花，現在正是二月，白色的李花像白雲一般地將整個山谷蓋了起來。

可是，李花村給我最深刻的印象，卻不是白色的李花，而是李花村使我想起了四十年前台灣的鄉下：這裡看不到一輛汽車，除了走路以外，只有騎腳踏車，我也注意到那些農舍裡冒出的炊煙，顯然大家都用柴火燒早飯，更使我感到有趣的是一家雜貨店，一大清早，雜貨店就開門了，有人在買油，他帶了一只瓶子，店主用漏斗從一只大桶裡倒油給他，另一位客人要買兩塊豆腐乳，他帶了一只碗來，店主從一只缸裡小心翼翼地揀了兩塊豆腐乳，放在他的碗裡面。

我在街上漫無目的地亂逛，有一位中年人看到了我，他說，「張醫生早」，我問他怎麼知道我是張醫生，他指指我身上的名牌，我這才想起我沒脫下醫生的白袍子。

中年人說，「張醫生，看起來你似乎一晚上都沒睡覺，要不要到我家去休息一下？」我累得不得了，就答應了。中年人的家也使我想起了四十年前的台灣鄉下房子，他的媽媽問我要不要吃早飯，我當然答應，老太太在燒柴的爐子上熱了一鍋稀飯，煎了一只荷包蛋，還給了我一個熱饅頭，配上花生米和醬瓜，我吃得好舒服。

吃完早餐以後，我躺在竹床上睡著了，醒來，發現已經十二點，溫暖的陽光使我眼睛有點睜不開，看到李花村如此安詳、如此純樸，我實在很想留下來，可是又想起那得了川崎症的孩子。我看到一支電話，就問那位又在廚房裡忙的老太太可不可以借用他們的電話打到竹東去，因爲我關心竹東榮民醫院的一位病人。老太太告訴我這支電話只能通到李花村，打不出去的，她說如果我記掛竹東的病人，就必須回去看。

我謝謝老太太，請她轉告她的兒子，我要回去看我的病人了。沿著進來的路走出李花村，開車回到竹東榮民醫院，令我感到無限快樂的是，孩子活回來了，不但脫離了險境，而且三天以後，孩子就出院了。這眞是奇蹟。

我呢？我一直想再回李花村看看，可是卻再也找不到李花村了，我一共試了五次，每次都看不到往李花村的牌子，那條往右轉的路也不見了，在公路的右邊，只看到山和樹林。我根本不敢和任何人談起我的經驗，大家一定會認爲我老胡塗了，竹東山裡哪有一個開滿了李花的地方？

這是半年前的事。昨天晚上我值班，急診室送來了一個小孩子，他爸爸騎機車載他，車子緊急煞車，孩子飛了出去，頭碰到地，沒有戴安全帽，其結果可想而知，他被送進醫院的時候，連耳朵裡都在不斷地流出血來。我們立刻將他送入手術室，打開他的頭蓋骨，發現他腦子裡已經充血，我們不但要吸掉腦子裡的血，還要替他取出腦袋裡折斷的骨頭，如果他能活下去，我們得替他裝一塊人工不鏽鋼的骨頭。

手術完，孩子的情況越來越危險，能恢復的機會幾乎小到零，可是我知道我如何可以救孩子的命，我跪下來向上蒼祈禱，「只要小孩子活下去，我可以走。」我是眞心的，不是亂開支票。如果孩子活了，我知道我該到那裡去。

清晨五點，一位護士興奮地把我叫進加護病房，那個小孩子睜大眼睛，要喝楊桃汁。他也認得他的父母。他的爸爸抱著他大哭了起來，孩子有些不耐煩，用手推開爸爸，原來他手腳都能動了。

我們在早上八點，將孩子移出加護病房，孩子的爸爸拚命地謝我，他說他再也不敢騎機車載孩子了，又一再稱讚我醫術高明。

我當然知道這是怎麼一回事，我醫術再高明，也救不了這孩子的。

等到一切安置妥當以後，我回到了辦公室，寫了一封信給院長，一封給我的助理，將我的一件羽毛衣送給他，拜託他好好照顧窗口白色的非洲槿，同時勸他早日安定下來，找位賢妻良母型的女孩子結婚。

我上了車，向五指山開去，我知道，這次我一定會找到李花村。

果真，往李花村的牌子出現了。我將車子停好以後，輕快地走進了李花村，那位中年人又出現了，他說，「張醫生，歡迎你回來，這一次，你要留下來了吧？」我點點頭，這一次，我不會離開李花村了。

附記：

《聯合報》竹苗版的新聞報導，竹東榮民醫院的張醫生去世了，張醫生在竹東醫院行醫三十年，他的忽然去世，令大家傷感不已，因爲張醫生生前喜愛小朋友，常常陪病童玩耍，每年耶誕節，他一定會扮耶誕老人來取悅醫院的病童；張醫生年輕時曾愛上一位女友，她因車禍去世，張醫生因而終生未婚。由於他沒有子女，他將遺產送給竹東世光療養院，世光療養院專門照顧智障的孩子，張醫生生前也常抽空去替他們做義工。

令大家不解的是張醫生去世的方式，他的車子被人發現停在往五指山的公路旁邊，整個車子朝右，引擎關掉了，鑰匙也被拔出，放在張醫生的右手口袋，座椅傾斜下去，張醫生就如此安詳地在車內去世，醫生認爲他死於心臟病突發，可是張醫生卻從來沒有心臟病。在張醫生死亡的前一天晚上，他奇蹟似地救活了一位因車禍而腦充血的小男孩，當這個小男孩父親一再感激他的時候，張醫生卻一再地宣稱這不是他的功勞。

張醫生的車子向右停，顯示他似乎想向右邊走去，可是公路右邊是一片濃密而深遠的樹林，連一條能步行的小徑都沒有，張醫生究竟想到那裡去呢？這是一個謎。可是從他死去的安詳面容看來，張醫生死亡的時候，似乎有著無限的滿足。

注釋

❶桃源行　盛唐詩人王維十九歲時的詩歌，是根據陶淵明的〈桃花源記〉寫成。全詩三十二句，通過形象的畫面開拓詩境，可謂是王維早年作品「詩中有畫」特色的反映。清人翁方綱推崇此詩「古今詠桃源事者，至右丞（王維）而造極。」本文所引是〈桃源行〉最末四句，謂漁人當時只記得划向溪山深處，沿青溪彎彎曲曲到了雲深不知處的桃花林。如今又逢春天，依然遍地桃花水（指春水，桃花開時河流漲溢），可是當日的桃花源已杳杳難尋，不辨道路！

❷川崎症　又稱為川崎病，或黏膜皮膚淋巴腺症候群，其病變多出現在皮膚及結膜、口腔等部位，且常有頸部淋巴腺腫大情形。是屬於幼兒期的一種急性疾病，好發於五歲以下的幼童。病因目前仍未明，可能是一種和感染及免疫有關的疾病。此病是由日本小兒科醫師川崎富作於西元十九世紀六零年代首先提出報告，故名之為川崎氏病。

❸五指山　新竹縣竹東鎮、北埔鄉和五峰鄉交界處的一座山峰，高逾一千公尺，因山峰酷似五指而得名，昔時曾入選淡水廳八景之一，也曾排名全台十二勝第七名。

問題討論與習作

一、試將本文與陶潛〈桃花源記〉作比較，桃花源與李花村兩個地方，所代表的意義有何異同？

二、李家同說：「李花村解了我從小就存在的一個謎：誰發現了桃花源？陶淵明沒有給答案？我在〈李花村〉裡將我的答案講了出來。」（《陌生人．自序》）李家同的答案可能是什麼（怎樣的人可以獲得進入李花村的入場券）？你的看法又是如何？

三、本文的「附記」雖然也是虛構的，但李家同曾說：「我寫文章分兩個階段：第一個階段是確立一個主題，第二個階段是編一個故事，將這個主題透過故事表現出來。」「要我找一個主題，絕非難事，打開報紙，就可以找到。前一陣子，報上提到青少年飆車的新聞，為什麼他們要飆車？……我編出了〈飆車〉這個故事。」（《陌生人・自序》）請試由報章中選擇一則內容敘述簡潔的新聞報導，將其擴展改編成一篇具特定主題的短篇故事。

第六課　母與子

張錯

導讀

本文選自《傷心菩薩》，維繫家庭和諧，配偶雙方在溝通上有時困難重重，過去舊式家庭，彼此得忍讓，現今社會，壯年人口工作在外，少與父母同居，多半小家庭居多，且講究自我，不太委屈自己，需要關懷的老年人口逐漸增多，面對這種現象，老人關懷更值得深思。家庭中每個都想「做自己」，其實得有些人「不做自己」交換而來。

〈彩券〉一文，作者由母親仔細核對彩券號碼寫起，母親渴望中獎，計畫拿獎金買房，一轉帶出母親因自己女兒去世後，被女婿掃地出門，作者帶回母親同住，卻因婆媳相處不順遂，再次搬離。彩券是作者母親渴望平靜的安眠藥，一顆又一顆，上了癮卻不能平靜。

行文極簡，含蓄地帶過父親的遺產落在外姓手裡，作者最大的歉疚即把母親從虎口帶出，又送入另一虎口，感嘆自己的懦怯，但仍得顧全大局，把母親帶離家中，看著母親吃著不能使自己平靜的鎮靜劑——買彩券。

新世代講求自我，不想太委屈，新舊時代交替，大家都沒有錯，訴諸文字，字裡行間的委屈，昭然若揭。

〈觀樹〉一文，藉藍葉桉樹的頑強生命力，寫母親堅韌的性格，靠著唸佛灑花除草，使心志筋骨堅毅，子了解母親的性格及喜好，娓娓道來，民初迄今的日常生活，身為長子者深知其艱苦，更顯母子情深。

〈心意〉一文，作者藉著母親種植的花樹之萎頓，暗比自己心情之苦楚。

〈後院黃昏〉一文，母子即將分離，更珍惜尋常十分鐘的閒話家常，共享天倫時光，通篇以瑣碎的生活細節呈現，然而，苦悶之情油然生起。

〈糖水〉一文，寫母子回憶過去吃紫芋冰糖水的甜蜜時光，為重溫舊夢，再次同吃綠豆糖水，顯現溫馨，彌補咫尺天涯之遺憾。

〈賀壽〉一文，寫母親八八米壽，作者前往祝壽，傳遞快樂予母親，見院中玉蘭花開，憶及母親用拐杖勾樹枝，採摘玉蘭花供奉觀世音菩薩，由思母之情轉移成藉花獻佛，但仍無法避開觸景傷情。

目前社會趨勢大多是小家庭，老人家若是體力許可，或許可以幫忙照顧兒孫，本是一椿美事，但同住一個屋簷下，個性、價值觀不同，原生家庭教養不一，磨合期不可避免，長期衍生的摩擦，有時也會磨盡溫良恭儉讓，一個和諧家庭多半得有人退讓、隱忍，才能造就溫馨和諧的家庭。

作者

張錯（1943—）原名張振翱，當代詩人，廣東客籍惠陽人。國立政治大學西語系學士，美國楊百翰大學英文系碩士，西雅圖華盛頓大學比較文學博士。現任美國南加州大學東亞系及比較文學系教授。曾獲《中國時報》文學獎（敘事詩首獎）、國家文藝獎、中興文藝獎。詩集如《過渡》、《死亡的觸角》、《鳥叫》即達十七種，散文《第三季》、《翺翔自選輯》、《從木柵到西雅圖》、《永不消隱的餘韻》等，著作四十餘種，近著有《山居地圖》、《青銅鑑容》等。

課文

1 彩券

早晨都是倆人相處的甜蜜時刻，互有默契。母會等子煮好咖啡遛狗回來，彼此默默相對，分頭吃早餐及分別看報。有話題就說上兩句，母子也未有啥話好說，中間一句今天天氣如何如何之類。

近日彼此感染一種焦慮不安，母會期待子自早報抽出一張給她，然後戴上老花眼鏡，把一張張彩券找出來，仔細核對中獎號碼。

對了又對，開始是怕眼力模糊吧！看不清楚或走眼。跟著就是不甘心，怎麼如此渴切希望竟會落空？眞是天公沒眼，不太可能吧！連一個老太太最小的願望也不眷顧？

子假裝沒看到，痛在心頭。她想要一筆錢，不是貪心橫財！而是理直氣壯向天公要，亡夫給她的遺產怎知到頭來兩手空空。

女兒往生後，負義之徒強索米飯錢。終於子對母說：「媽，算了，這兒不能住了，來和我住吧！讓我照顧妳。」母欣然同意，收拾細軟搬過去。怎知又被另一種欺凌，有人嫌她愛在房間儲藏衣物安放樟腦，打開房門有氣味流散出來，每次回到自己房間，還得扣上門。

女兒去世，女婿把她掃地出門，錢就再也不是她或她女兒的了，落在外姓手裡。表面虛與委蛇❶，最後瞞著老太太連房子也偷偷賣掉，不知所蹤，待知道了，只有徒呼荷荷❷。一直在忍耐！屈辱向肚裡吞嚥，常常給自己說一句莫名其妙的箴言：「萬事留一線，日後好相見。」寄人籬下，什麼苦得過仰人鼻息？貪圖不過是一個安身之所，別人不知，都說：「老太太妳有福了，兒子孝順奉養，子孫、曾孫四代同堂，尚有何求？」

母也企圖投入，幫忙廚房雜務，怎知越幫越忙、越討人厭。最後只好獨善其身，吃完飯把自己碗碟拿走，好像就算倒掉殘餚骨渣[3]，也是一份服務心意。

連續劇看多了，家中不和是家常便飯，殊不知看到更深刻的是人性挫敗，愛之欲生，惡之欲死。鬥爭成了片面仇恨，不斷腐蝕人性人心，持禮的人變成一隻噬人的獸。

終於最大的屈辱來了，人的尊嚴沒有後，就沒有退路了。子又噙淚[4]再次對母說：「這兒不能住了，我們得搬，怎樣不捨得也要離開這兒了。」

子一生最大歉疚，就是把母從虎口帶出來，又送入另一個虎口，像一個懦怯男子，四處徨栖[5]終日，無處安身，準備把自己母親帶離家中。

她開始把一切希望寄託在彩券，以爲重新有大把鈔票就可買房子住在附近，可以倚靠著她信賴而摯愛的子，呼應看顧。

一張彩券是一顆鎮靜劑，能讓人安眠一夜，明朝醒來，夢破人存，於是繼續追求下一個夢想，下一個幻滅；一張又一張，一顆又一顆，朝朝夕夕，重複吃著不能平靜的鎮靜劑，上了癮，不能戒除。

2 觀樹

過幾天就要搬去數百里外了，每天依常坐在院子觀看藍天白雲及發楞，想破了頭的事，破了頭還是想不透，解決不了的事，想破的頭也解決不來。她眼睛四方瀏覽，風和日麗。院外平台旁有五棵藍葉桉樹，修砍後只賸下五根光禿樹幹，但不到一月，樹幹又新葉豐茂，頑強生命力感染鼓舞了她。

母轉頭對子說：「有天我總會健健康康回來，看這五棵樹影婆娑。」說這話時的她，有心肌梗塞、高血壓、缺氧、舉步蹣跚❻喘氣、UTI（尿道感染）慢性病一直未好。

但說這話時豪氣爽朗，像個莊稼大戶人。

依舊每天拿著唸珠阿彌陀佛，信心堅強。然後灑花除草，每天日常工作，必須如此。心志筋骨堅毅，了無罣礙。

人的心沒地方放，別人應該包容提供一片放心的天地。

母一生坎坷艱苦，惟子深知深感。每次讀《詩經》〈凱風〉❼，不禁棘心夭夭而不適。棘長成薪，多麼長久而困難的事，母含辛茹苦，雖謂體貼親心，然母子相隔兩地，又有何用？所有言語皆是徒然。秋天來了，又開始擔心她感染風寒，自入高齡每年都會發作，每次皆予權充大夫，服中藥草茶紓解不適。

朱熹注解謂棘非美材，「故只興子之壯大而無善也」，說得眞好，那就是指碩大沒用的兒子。

3 心意

知道她眞的已經離開這屋子了，早晨煮咖啡，沒有杯子和匙放在小盤上，那是母每天一早小小心意。

這小小的一切竟然不再，陡生極大憤恨，世間最殘酷之事，莫若生生拆離。恨意迴縈不散，不知不覺家就在莫名其妙的恨愛散掉。一生自命任俠仗義的子，連母也保護不到，至是極蠢無用之物。

晚上白玉蘭都綻放了，香滿星月夜，那是母帶來種植的兩棵花樹。後院一排薔薇、海芋、天竺葵、夕顏、玫瑰、白茉莉，也因母離後無法朝夕灌溉，顯得青黃不接，萎頓不堪，猶似荒廢心園。子每天代母向菩薩、祖先、地主上香，有願難償，憾意如蟲囓心肝，盤桓不走，極是苦楚。

4 後院黃昏

分散前，每次在後院清理，母總會自房內紗門窺望，藉故出來收拾，好便坐在簷下觀看。子驚覺這種眷戀，也總會逗留一下，或坐下與她傾談。母子本沒什麼話，彼此也就是這種珍惜緣份的體會下，溫馨在心。年老的她，不是知道來日無多，而是知道能夠留在這房子的日子逐漸短促。

六月一個中午，收拾好一些細軟，子攜母一起飛往他處，把她安頓好住下。從此母子天南地北，無法朝夕相見，成爲餘生憾事，子每思之，潸然淚下。

黃昏裡想念，晚霞初現，夕陽尚未沉落，藍天白雲，朦罩陰霾與霧，那是雨天前奏，也是回憶變奏。

幾乎往昔均如此，黃昏時分聽見子在後院幹活，母總會藉故自房中出來，磨磨蹭蹭，就只希望母子能在十來分鐘相聚裡，共享一些溫暖時光，藉著一些無甚意思家常話，彼此也就共享那份母子情緣，是多是少，是長是短，都不打緊。母明白，子也明白，都不說出來。院子也沒啥活幹。很快倆人又分別進入屋子，那是一個沒有光的所在，雖沒有曹七巧❽，令人陰鬱、悲哀、憤懣、無聲。

母自遠方打電話來，說在另一道紗門看到黃昏後院或落葉。想起子，也會黯然神傷。

5 糖水

子獨居時，母乘便車自北南下，收拾一些寒衣帶回北地。說起有天夢到喫地瓜糖水，醒來依然甜蜜。纏著去買紫芋及薑塊，再加冰糖，母子倆喫得甜甜蜜蜜。

子又去買椰汁馬豆糕及綠豆糖水，讓她重溫舊夢，自有一番甜蜜在心頭。

來了兩天就匆匆走了，心中好大不捨，也看得出她不捨，走上台階，甩掉幼子的手，要長子拖她（那是子慣常動作，兒女中唯他會緊握引路）。母子倆千般不願，萬般難捨，然不得不願，不得不捨。雖云南北相隔僅一州之地，無常世間，不知何謂咫尺，何謂天涯。

6 賀壽

轉眼兩年，母八八「米」壽，子北上以賀，不只賀壽，而是把快樂與期盼攜帶給需要的母。六度波羅蜜❾，慈悲喜捨，首推第一。佈施快樂，讓人快樂，也該是最快樂之事。人心中充滿怨恨，結果一無所有。散佈恨怨，讓人悲傷，結果恨怨如毒液，反噬如毒蛇，兩敗俱傷，錐心蝕骨。

心中沒有多大渴求，母子同心，相見溫馨。然而母體念子苦，反倒勸子，不必常來，天涯比鄰。十月反常炎熱天氣，玉蘭花盛開香氣清郁，滿地如飄雪。從前每天中午自老人中心回來，子在閣樓窗口窺看，總見一位白髮蹣跚的老太太，在花樹叢中搜擷花朵。有時不及攀高，就用枴杖勾拖樹枝採摘，讓人暗裡偷捏一把冷汗。她採花非爲愛花，而是放在小佛堂供奉觀世音菩薩。

走後早晨花開嬌嫩，子思母情思倍濃，便也採擷花朵，藉上香之便，供奉諸天神佛菩薩。

子獨自開車跑去附近餐館吃越南雞粉，看到幸福一家四口在另一桌子，猜想是一對年輕夫婦和小女兒，及小女孩的白髮祖母。悲從中來。低頭囫圇❿，眼淚滴在湯裡。

注釋

❶虛與委蛇　心境空虛寂靜，隨物變化。後來引申假意殷勤，敷衍應付。語出《莊子．應帝王》。委蛇，音ㄨㄟ　ㄧˊ。

❷徒呼荷荷　只能發出怨怒的聲音。荷荷，音ㄏㄜˋ，怨怒的聲音。

❸殘餚骨渣　餐後剩餘的飯菜骨頭。

❹噙淚　含淚。噙，音ㄑㄧㄣˊ。

❺徨栖　心不安的樣子。栖，音ㄒㄧ。

❻蹣跚　形容步伐不穩的樣子。音ㄇㄢˊ ㄕㄢ。

❼凱風　詩經《邶風．凱風》「凱風自南，吹彼棘心，棘心夭夭，母氏劬勞。」《鄭箋》：「以凱風喻寬仁之母，棘猶七子也。夭夭以喻七子少長，母養之病苦也。」《集傳》：「南風謂之凱風，長養萬物者也。棘，小木。叢生多刺，難長，而心又其稚弱而未成者也。夭夭，少好貌。劬勞、病苦也。」

❽曹七巧　張愛玲中篇小說《金鎖記》中人物，麻油店女兒，活潑開朗，被兄嫂嫁到大戶姜家，因出身卑微，倍受歧視。嫁給軟骨症的二少爺，激發曹七巧爭奪的本性，搬弄是非，十分計較，一方面壓抑自己的情欲，一方面卻又安分地守著丈夫，由於人格扭曲，變得自私乖戾又殘忍，一生被黃金枷鎖套住，守著爭取得來的家產，不惜逼死兒媳，失去了親情，斷送女兒婚姻幸福，在傳統封建思維中，是典型病態悲劇性格的女性形象。

❾六度波羅蜜　大乘佛教中，六種功德如能貫徹完成，便能成佛。一佈施，二持戒，三忍辱，四精進，五禪定，六般若。

❿囫圇　完整、整個。音ㄏㄨˊ ㄌㄨㄣˊ。

問題討論與習作

一、目前獨居已逐漸成為趨勢，在社會關懷方面該如何因應，才能減少人道上的缺憾？嘗試說出自己的看法。

生活美學

第一課　投給春天／余光中

第二課　瓷碗／洪素麗

第三課　灰色的重量／張小虹

第一課 投給春天

余光中

導讀

本詩選自《藕神》。藉歌頌春天自然無偽的美景，巧妙地諷刺臺灣選舉文化的虛假醜陋。

首先以擬人法點出春天翩然來臨，無人阻撓，說明春天是沒有國界的。接著寫春天「鬧熱滾滾」的特質，當粉紅的紫荊開落，火紅的木綿接著綻放，春天繽紛的盛宴，是花神們傳遞美麗與光明的接力賽，令人目不暇給，令人嘆為觀止。這裡，詩人以童趣十足的輕快筆調，鋪敘春天帶來的視覺美感的饗宴，而「亮麗」、「轟轟烈烈」、「火」，更暗喻春天（大自然）光明與正直的本質。

接著，不著痕跡地轉入令人不悅的、誇張的選舉噪音——聽覺污染，以及擋住開滿粉紅花朵紫荊的安全島的選舉旗幟——視覺污染。在這裡，詩人巧妙地將「春天」與「選舉」相提並論，二者都有長長的隊伍，繽紛的旗幟，一樣鬧熱滾滾，一樣轟轟烈烈，但人為的、虛假的，充滿口水攻訐、美麗包裝的選舉花招，在春天無須巧妙妝扮、無須吶喊說明、渾然天成的美景中，非但黯淡失色，更令人想移之而後快。結語含蓄又巧妙地點出對惡質選舉文化的不認同。

這首詩題材新穎，想像出人意表，令人耳目一新。語言淺白流暢，詩人刻意加入方言「鬧熱滾滾」，使熱鬧的春天更形生動，也更貼近市民的生活。結構上，全詩雖不分段，卻一氣呵成，轉折自然，充滿生氣與童趣，讀來令來心神愉悅。

作者

余光中（1928—2017），福建永春人，臺大外文系畢業，美國愛荷華大學藝術碩士。歷任臺灣師範大學、臺灣大學、香港中文大學、中山大學教授、系主任、院長等職，其間曾兩度應美國國務院邀請，赴美國多所大學擔任客座教授。

一九五四年與覃子豪、鍾鼎文等人共創藍星詩社，致力於現代主義詩歌創作。余氏在海內外文壇享有極高的盛譽，作品曾獲中山文藝獎、吳三連文藝獎、金鼎獎、國家文藝獎等多項獎項。

余氏的作品兼融東方古典文學與西方現代文學之精髓，題材廣闊，想像豐富瑰奇，技巧靈活新穎，舉凡土地家國之思，自然萬物之姿，寫物抒情，變化開闔，無不生動巧妙，含蓄雋永，音韻諧美，梁實秋讚美他的詩與散文說：右手寫詩，左手寫散文，成就之高，一時無兩。黃維樑也讚賞他：上承中國文學傳統，旁採西洋藝術，在新詩的貢獻，有如杜甫之確立律詩。余氏詩作，風格多變，早期注重格律，有強烈西化傾向，八〇年代後，逐漸回歸本土化、社會化，詩風也更開闊，臺灣詩壇稱他為「回頭浪子」。他的詩作量多質佳，引領詩壇風騷，影響深遠，堪稱詩壇的「一代宗師」（黃維樑語）

余氏不獨精於詩，散文、評論、翻譯，亦無一不精通。著譯豐富，詩作有《舟子的悲歌》、《蓮的聯想》、《白玉苦瓜》、《天狼星》、《紫荊賦》、《高樓對海》、《藕神》等，散文有《左手的謬思》、《望鄉的牧神》、《聽聽那冷雨》、《日不落家》等，譯作有《梵谷傳》、《老人和大海》、《不可兒戲》等，評論則有《掌上雨》、《含英吐華》等。

課文

不知道春天是怎麼入境的
爲什麼海關都攔她不了
只知道她來時鬧熱滾滾
亮麗的隊伍彩幟繽紛
一隊沿著民權路，揚著紫荊❶
一隊沿著民族路，舉著木棉❷
當紫荊艷極，落紅滿地
木棉就轟轟烈烈地點起
一場傳火的接力賽
於是遠在天南這海港
竟然也有了幾分童趣
不論宣傳車有多囂張
就連大選的五色旗號
爭占了無辜的安全島

也遮掩不住唯美的花季
更無法阻擋我這一票
選來選去，只投給春天

注釋

❶紫荊　此處應指洋紫荊，又名艷紫荊，是香港市花。豆科羊蹄甲屬，學名紫羊蹄甲。原產於印度、緬甸、斯里蘭卡等地。葉互生卵圓形，頂端深裂，狀如羊蹄，花呈紫紅色，形似蘭花，西方人喻為「窮人的蘭花」。九至二月開紫紅色且花瓣細長的花，春天莢果成熟，色澤由綠變褐。

❷木棉　木棉科，又名攀枝花、紅棉樹、英雄樹，是高雄市花。落葉大喬木，高十至二十公尺，樹幹筆直，密生瘤刺，側枝輪生，做水平方向開展；掌狀複葉，葉柄很長。二至三月開花，花型大，呈橘紅色；果實為蒴果，內含棉絮，成熟後自動裂開。

問題討論與習作

一、這首詩表達了詩人的哪一些思維？

二、請說一說你讀了這首詩的感受與所獲得的啟示。

三、請以春天為題，試作一首八句以上的新詩。

第二課 瓷碗

洪素麗

導讀

此文收於洪素麗散文集《昔人的臉》。從日常生活的小物件取材，看似瑣碎，卻又獨具情味，尤能表現出作者細膩敏銳的美學素養。

首句「有風的暮秋週末」為此文開啟序幕，「暮秋」的清寂與曠爽恰足以和青瓷的色澤相互呼應。有了「週末」的悠閒，才促成此次遊逛日本瓷器店的機緣。接著由店內的瓷碗開始，作者以簡淨的文字為讀者做了有關中國瓷器的知識性介紹，而後落實到自己的生活美學來談。美，不須遠求；它往往可以在簡單的事物裡、日常的生活中尋得。不只可目視、手觸，更可以依此為憑藉，展開豐富的想像世界。曼殊大師的滿缽落花，陸龜蒙的奪翠越窯，《天寶遺事》所載的盛酒茶碗「溫溫然有氣相吹如沸湯」，《樂府雜錄》記錄的「以筯擊之，其音妙於方響」，都足以讓我們在歷史的長廊裡想見瓷器聲音、色澤之美。

文末引用最足以呈現日本文學纖麗與哀愁特質的作家川端康成的短篇小說作為結束，是作者的神來之筆，同時也和開頭的日本瓷器店相呼應。瓷碗落地，薄脆而清亮的聲音，開啟了作者與讀者飽滿的想像，全文遂在沉靜、從容的筆觸下，緩緩地收尾。

作者

洪素麗（1947—），臺灣高雄人，國立臺灣大學中文系畢業。一九七〇年代赴美習畫，並開始在

《中國時報》人間副刊「海外專欄」寫海外通訊。作者擅長版畫，尤以木刻為主。寫作方面，以散文見長，曾獲中國時報散文推薦獎、聯合報文學獎、長榮寰宇文學獎等。著有《十年散記》、《浮草》、《昔人的臉》、《含笑》等書。

課文

有風的暮秋週末，出去滿街走了一下午，累了，要去搭車，不期然撞進一家日本瓷器店。

胖胖的老闆娘，有點像糯米糰，有溫和的微笑。

靠牆的兩面牆架，一層層整齊擺著盤碗杯盅❶，走道中間的架子是海苔、魚罐頭、玻璃紙袋裝的即溶作料、乾壓食品，天花板垂掛著大小不一的紙燈籠。是一家空間緊湊、井然有序的日本商店。

我喜歡看瓷器，各式各樣花色不一的瓷器，手敲起來鏗然有聲，是我喜歡把玩的。店裡的杯盤比較普通，瓷碗卻很美麗，我看中了一個又一個，全是青花瓷器❷，胎骨❸薄、碗身輕，是上好的瓷器。明代記載青瓷上品是「青如天、明如鏡、薄如紙，聲如磬❹」；碧青如洗，明亮如鏡，晴空萬里的天青色，是唐以來越窯❺講究的青瓷顏色。用胎泥摻鐵質，高燒至千度，鐵質還原爲青色。鐵質的比例，泥質的粗細，窯燒的火候❻，決定了青色瓷底澄明勻淨。越窯至唐末五代時，已可將青釉❼色澤控制自如，從天青色到千峰翠色，從影青❽到一泓清漪如春水的碧藍色。工匠的技藝一再改進，推陳出新。到五代末期時，周世宗指定的青瓷顏色是「雨過天青雲破處，者般顏色作將來[9]」；「雨過天青」色的青瓷便是周世宗時御製的柴窯[10]出品的最高藝術了。

瓷器與絲、紙一齊沿絲路傳至西方，是中國珍貴的發明。清末以後，中國瓷業漸式微，雖然製瓷之業從未中斷，但是比起唐、宋、元、明的邢窯[11]、越窯、汝窯[12]、鈞窯[13]、定窯[14]、哥窯、弟窯[15]、建窯[16]等等名窯出產的名瓷，可以說光輝不再了。

我找尋的是美麗的、家常的用品，可是近十年來，在國內總找不到美麗的瓷碗可賞玩。市場上堆的白底閃金字，寫福祿壽喜字樣的瓷碗，總覺趣味全無。用那樣的碗來裝飯，那飯恐怕也不香罷？早期臺灣碗，繪有公雞、魚、蝦、蘭草的粗碗，素樸可愛，是工匠們隨意的創造，那樣的碗裝了飯，配幾道小菜，令人舉箸前想誠心合十膜拜一下。樸素大方的瓷碗，即使空空地擺在揩[17]淨的桌案上，也使人有焚香靜坐、豐裕生活的平安歲月底遐想。

我於是在店裡挑了兩隻比平常飯碗稍大的青花瓷碗。怎麼描述它們呢？兩隻都是青花色，一隻是手繪的，筆致落拓[18]，草花離離[19]；另隻是印花的，像印花布，碗內折曲斜線劃出兩種不同的花樣，像花青色日本和服腰下綁一條靛藍[20]紋帶。碗背又是另一種更細碎的草花均勻灑開。三種花並繪於一隻碗上，並不覺得錯綜繁複，仍是簡單、明快而淨美。

晚上我一邊做菜，一邊頻頻轉過頭來欣賞洗淨擱在飯桌上的兩隻新碗，溫潤的青花碗，像水裡長出的兩朵青蓮，自己散著若有似無的幽香。那頓飯，我作得比往常興會淋漓。

飯後把碗筷洗淨了，我又把玩那兩隻新碗。「山齋飯罷渾無事，滿缽擎來盡落花[21]」，曼殊大師[22]的缽不知是什麼樣子的？大概也是既家常又美麗罷？碗可以承落花，也可以沖茶，做酒盃也無妨，如果有海量的話。陸羽[23]的《茶經》推崇越州青瓷：「瓷青而茶綠，青則益茶，邢窯白瓷下之。」陸龜蒙[24]亦有詩云：「九秋風露越窯開，奪得千峰翠色來。」一碗淡青茶水，也承了九秋風露，茶碗本身已具備了色香味的底子，只待好茶好水沖來，芳香撲鼻，千金不易也。茶碗做酒盃，「紋如亂絲，其薄如紙，以酒注之，溫溫然有氣相吹如沸湯，名自暖盃」（《開元天寶遺事》[25]，王仁裕著）。好瓷碗亦可調音，段安節《樂府雜錄》[26]上記錄，調音律官郭道源『善擊甌，率以邢甌[27]、越甌共十二隻，旋加減水於其中，以筯擊之，其音妙於方響[28]』；瓷碗本身胎骨極堅且薄，拿筷子敲，聲音清妙如擊磬，古人飲酒即興作樂時，大概常常敲碗助興，今人亦然，只是現代的碗恐怕禁不起敲哩！

川端康成[29]有一極短篇小說，大學時讀過，至今不能忘記。全文大概只有五百字，寫一個即將離開港都遠去他鄉求職養家的男子，離家之日，沉靜的妻子默默在廚房裡做飯送行，不小心打破了一隻碗，男子獨坐另室，聽到碗落地的清脆撞擊聲。離鄉之後，謀生不易，東飄西蕩，賺到一點錢又去買醉，每回醉醺醺回到客居小室時，拉開紙門，耳旁便響起瓷碗落地的聲音哐——啷！

瓷碗落地的聲音，我設想是，象徵著一種鄉愁的牽引，妻兒的呼喚，一個落魄男子徬徨的心悸，一個生活的嚴厲警告。

這隻摔破的瓷碗，多年來一直在我心頭供著。

而此刻手中的兩隻新瓷碗，亦讓我對之如對神明之感；提醒我對生活的虔誠與勤謹。

注釋

❶盅　音ㄓㄨㄥ，小杯。

❷青花瓷　一種白底藍花的瓷器，相傳始於宋代。

❸胎骨　器物的粗胚。

❹青如天四句　形容青花瓷器的特色。語見清代谷應泰《博物要覽》卷二。磬，音ㄑㄧㄥˋ，古代用玉石或金屬製成的打擊樂器，聲音清亮。

❺越窯　故址在今浙江餘杭縣，據傳該地自東漢至宋，燒製瓷器達一千年之久。越窯在隋唐五代時期，聲譽最著，所產青瓷，胎質堅硬，釉色瑩潤，有類玉、似冰之譽。

❻火候　烹煮食物時，火力的大小和時間的長短。

❼釉　音ㄧㄡˋ，塗在陶瓷表面，使之有光澤的質料。

❽影青　青瓷的一種，細薄晶瑩，釉色白中泛青，自宋代於江西景德鎮開始生產。

❾雨過天青雲破處二句　出自清代朱琰《陶說》「後周柴窯」條：「柴世宗時燒者，故曰柴窯。相傳當日請瓷器式樣，世宗批其狀曰：『雨過天青雲破處，者般（這般）顏色作將來。』」

❿柴窯　相傳為五代後周世宗柴榮令造之窯，故名，在今河南省鄭縣一帶。

⓫邢窯　唐代設於邢州的瓷窯，以燒製白釉瓷著名，故址在今河北省內丘縣。

⓬汝窯　宋代五大名窯之一，窯址在今河南臨汝縣。臨汝在宋代屬汝州，故名汝窯。

⓭鈞窯　宋代五大名窯之一，窯址在今河南省禹縣，禹縣在宋代屬鈞州，故名鈞窯。

⑭定窯　宋代五大名窯之一，窯址在今河北省曲陽縣，曲陽宋時屬定州，故名定窯。為繼唐邢窯之後著名的白瓷窯場。

⑮哥窯弟窯　哥窯是宋代五大名窯之一，窯址在今浙江省龍泉縣。據傳南宋時浙江龍泉有章氏兄弟，均擅長製作陶瓷，哥哥名章生一，所主之窯名哥窯，弟叫章生二，所主之窯名弟窯，又稱龍泉窯。

⑯建窯　宋代設於建州的瓷窯，以燒製黑瓷著名，故址在今福建省建陽縣。

⑰揩　音ㄎㄞ，擦拭。

⑱落拓　放任不羈。

⑲離離　歷歷分明的樣子。

⑳靛藍　青藍色的染料，用蓼藍植物的汁和石灰沉澱而成。

㉑山齋飯罷渾無事二句　語見《蘇曼殊全集》。

㉒曼殊大師　蘇曼殊（西元一八八四至一九一八年），名玄英，號曼殊，廣東省中山縣人。曾留學日本，後出家為僧。以詩、小說見長，善畫，並通英、法、日、梵文。著有《蘇曼殊全集》、《斷鴻零雁集》。

㉓陸羽　陸羽（西元七三三至八〇四年），字鴻漸，名疾，唐復州竟陵（今湖北省天門縣）人。性嗜茶，對茶學鑽研精深，著有《茶經》三卷，因此被後世奉為茶聖。此書集中唐以前茶學大成，為中國最早的茶藝專著。

㉔陸龜蒙　字魯望，號江湖散人，世稱甫里先生，唐長洲（今江蘇省吳縣）人。著有《甫里集》。本文所引詩句見《甫里集》卷十二〈祕色越器〉詩：「九秋風露越窯開，奪得千峰翠色來。好向中宵盛沆瀣，共嵇中散鬥遺杯。」

㉕開元天寶遺事　五代王仁裕撰，記載唐玄宗開元、天寶年間遺聞佚事。

㉖樂府雜錄　書名，又名《琵琶錄》，晚唐段安節撰，記唐代音樂資料。本文引自該書「擊甌」條。

㉗甌　音ㄡ，底淺寬口的瓦器，可盛飲食。

㉘方響　古代打擊樂器，南朝梁時首造，盛行於南宋。用長方鋼片十六枚，分兩排懸於架上，以小銅鎚敲擊發聲。

㉙川端康成　（西元一八九九至一九七二年）日本小說家，一九六八年以《古都》獲諾貝爾文學獎。其他作品有《千羽鶴》、《雪鄉》、《美麗與哀愁》。

問題討論與習作

一、洪素麗的散文兼具知性的明淨與感性的婉柔，請以〈瓷碗〉為例，分析此特色。

二、生活中的美感處處可見，洪素麗的〈瓷碗〉即然。請以你日常生活中體會到的難忘經驗為例，寫一篇抒情散文。

第三課　灰色的重量

張小虹

導讀

本文選自《身體褶學》，書寫作者因輕便的摺疊涼椅，在居家空間陽臺所創造的全新生活體驗。晨間的陽臺時光，除了坐擁天光雲影、清風鳥語，也同時享有紅塵俗世的喧鬧與寧靜，更體現作者閒散閱讀的愜意自得，具體而微呈示了一位學者所珍惜的日常生活美學。

作者

張小虹（1961—），出生於臺灣臺北，國立臺灣大學外國語文學系畢業，美國密西根大學英美文學博士。曾任中華民國比較文學學會理事長，美國加州大學柏克萊校區客座教授，現任國立臺灣大學外國語文學系特聘教授。在學術專著的寫作，以「去畛域化」自期，展現性別、時尚、空間與文化等多重學術議題的關懷，此外，作者亦勤於筆耕，以舞蹈之姿書寫記錄生活，擅於鎔鑄中西與雅俗，自成一格，著有散文創作、文化評論與學術專著多種，包括：《自戀女人》、《絕對衣性戀》、《感覺結構》、《膚淺》、《穿衣與不穿衣的城市》、《身體褶學》、《後現代女人：權力、慾望與性別表演》、《情慾微物論》、《資本主義有怪獸》、《性帝國主義》、《性別越界：女性主義文學理論與批評》、《慾望新地圖：性別同志學》、《怪胎家庭羅曼史》、《在百貨公司遇見狼》、《假全球化》與《時尚現代性》等。

課文

前年夏天，我在無印良品買了一張折疊涼椅。涼椅的顏色是那種淡而清雅的日本灰，骨架部分是鋁，網架部份是纖紗化纖，空靈無重量，一根手指頭，就可以將整張灰色座椅凌空舉起，輕而易舉，名副其實。家中本無輕便桌椅，而陽台也僅供洗衣曬衣，偶爾駐足之用，但自從有了折疊涼椅後，像是重新擁有了一整座陽台，重新發現了一整片天空。

平時涼椅就放在客廳通往陽台的紗門旁，開個門舉個手，瞬間就可以在陽台上搭建出安安穩穩的一處坐落，看書看報看天空。清晨的溫州街小巷，有鳥叫蟲鳴，交替送報送羊奶的機踏車聲響，對面的公寓人家滿是上班上學前的嗡嗡躁動，而遠處天空的雲朵漸明漸亮。安靜不是沒有聲音，安靜是一種習以爲常的生活律動，一種從容，一種放心。

涼椅出現了，陽台就出現了。陽台出現了，天空就出現了。但在陽台上看書看報看天空的時辰還是要挑要揀，太早了不行，天未亮而散漫的我也爬不起床，太晚了也不行，等到太陽高高掛起，陽台上一片燦爛，就再也找不到一絲暗影處可供覓藏。想要趁著天光看書看報，就得挑個不太早也不太晚的清晨時段，六七點到八九點左右，隨日昇日落的季節變換而微調。颱風下雨時不行，晚睡晏起時不行，忙進忙出時不行，一日之晨，能在自家的陽台上磨蹭[1]個把鐘頭，就已然覺得是人生的至福。

其實我的陽台什麼也沒有，沒花沒草連個盆栽都沒有。陽台的一端，放著水桶掃把等打掃用具，平日擋在門後，陽台的另一端是洗衣機熱水器，亦無所觀。但打開涼椅坐在長長窄窄的陽台上，卻有清風，有陽光，有浮雲，就連經年累月風吹日曬而龜裂的水泥矮牆，好興致時，也依稀端倪得出潑墨山水的參差寫意。灰色的涼椅是灰色的雲朵，我痴心揣想騰雲駕霧的仙人，雲端逍遙。凡間種種，紅塵滾滾，都在陽台外不遠處。

胸無大志的我，特別珍惜這種微小的幸福，偷得浮生的一時半刻，閒閒看書、只看閒書。當代知識份子的可怕，就在於太過專業，爲了專業沒有生活，沒有娛樂，無法無所事事，無法不事生產。陽台時光是閒散的必要，亂看書的必要，胡思亂想的必要，既然改不掉看書讀字的壞習慣，就得想辦法只看閒書、看雜書、看無所用之書。陽台之上，我堅持不務正業。

但更多的時候，我只是抬著頭傻傻看著天空，感受這城市一隅擠壓過後的天地遼闊。從小在台北長大的我，以前總愛抱怨，爲何不能躺在床上就看得見天空，每回出國進修或客座，總是以這種補償心態尋覓落腳處，最誇張的一次是在柏克萊，躺在自家的床上，就可以看得見一整片天空，天氣好的時候，還看得見海，看得見海上的金門大橋。現在才知道，城市居住的窘迫來自於庸人自困，走到陽台，搬張椅子，不就是在家也能坐擁一整片藍天白雲嘛！

以前每回在課堂上講到十九世紀美國女詩人愛蜜莉．狄謹生❷時，總愛叫學生幫忙想一想，該如何爲這位女詩人設計她的家居。她在詩中不時展現幽閉恐懼症❸的身體徵候，但卻也不乏廣場恐懼症❹的空間修辭，道德嚴謹的清教徒社會被她比擬成一個密閉的衣櫥，有時她是被關在衣櫥裡不准發出聲音的女孩，有時她則是逃出衣櫥在大街上跳舞的一枚炸彈。她幻想詩是一座充滿無限可能的屋宇，沒有屋頂與大門，卻有無可盡數的窗櫺，她只要盡力張開窄窄的手掌，就能搆得到天堂。我想，這位怕空間太小、又怕空間太大、怕空間太封閉、又怕空間太遼闊的敏感女詩人，應該也會和我一樣愛上陽台。

坐在長長窄窄的陽台上，有借來的鳥聲，借來的微風，借來的天空，有自然與人世、天上與人間的混雜，蓊蓊鬱鬱中一種巨大的寧靜。五樓的陽台，時而讓天空很近，讓人世很遠，時而讓人世很近，讓天空很遠。不上不下、既在內又在外的陽台，有一種天上人間的遠，有一種紅塵喧鬧的近，是下凡可登仙亦可的曖昧可疑地帶。

吃齋念佛我不會，但搬個涼椅坐在陽台，就是我人生的早課、在家的修行。

注釋

❶磨蹭　指做事情緩慢拖延，不夠俐落。蹭，指緩步而行或拖延，音ㄘㄥˋ。

❷愛蜜莉．狄謹生　Emily Dickinson（1830-1886），又譯為愛蜜莉．狄瑾蓀、愛蜜莉．狄金生、米艾莉．狄金森、艾蜜莉．狄津生，出生於美國麻州安默斯特的女詩人。自三十歲後隱居，以書信與親友保持聯繫，生前創作近一千八百首詩未發表，被後世文學批評家譽為具有文學原創性的詩人。

❸幽閉恐懼症　是指對密閉空間的焦慮症，患者在電梯、車廂、機艙、戲院或隧道感到身體不適、呼吸困難等症狀。

❹廣場恐懼症　又名懼曠症，患者害怕群眾擁擠熱鬧的場合與處境，特別是封閉的空間，通常選擇待在家裡，不願外出。

問題討論與習作

一、家裡的居家空間，是否有你特別喜愛的角落？請與同學分享。

二、請問你也有晨間閱讀的習慣嗎？你通常如何安排與運用呢？是如同本文作者閱讀休閒書籍？抑或是有計畫與目標的研讀？

三、請以「我的生活美學」為題，習作一篇。

性別與愛情

第一課　詩經選
靜女／佚名
擊鼓／佚名
第二課　山鬼／屈原
第三課　志怪小說選
韓憑夫婦／干寶
陽羨書生／吳均
第四課　世說新語選——許允婦／劉義慶
第五課　一個冰冷的早晨／莫那能

第一課　詩經選

靜女

佚名

導讀

〈靜女〉一詩選自《詩經．邶風》，為一首男女約會，兩情相悅之情詩。〈詩序〉以為此詩：「刺時也。衛君無道，夫人無德。」然細審之，可知〈詩序〉說法明顯失當。以天真愛戀的情詩理解此詩，是比較接近詩歌原意。詩中傳達戀愛過程男子對約會的期盼，也因女子俏皮的舉動而焦灼等待，更因見著心儀女子並獲贈禮物而滿心歡喜，禮物雖非貴重，然而情意彌足珍貴，況且能博得佳人芳心，豈非戀愛中人最開心的事？

此詩共分三章：首章四句，敘述與心儀的女子相約，因女子調皮故意躲藏，一時未得見而心焦徘徊的情態；次章四句，描寫久候終得見佳人，且獲贈禮物之意外欣悅；末章承次章，反覆強調美人贈物、睹物思人，珍重美人情意與愛惜這份戀情，隱然可知。牛運震評此詩：「極深婉閒雅」，洵非溢美。

作者

《詩經》是中國最早的一本詩歌總集，記錄了從西周初年至春秋中葉，五六百年間的詩歌，共三百一十一篇，其中六篇有目無辭，實有三百零五篇，通常取其整數，稱為「詩三百」或「三百篇」。

《詩經》依體裁來分，可分為風、雅、頌。「風」，指民間歌謠，是發自民間的聲音，共有十五國風。「雅」，是諸侯朝會或宴飲時演唱的樂歌，屬於貴族階層之作，又有大雅、小雅之分。「頌」是宗廟祭祀的樂歌，極為莊嚴肅穆，共有周、魯、商三頌。風、雅、頌中，文學價值最高的要屬「國風」。

課文

靜女其姝❶，俟❷我於城隅❸。愛❹而不見，搔首踟躕❺。

靜女其孌❻，貽❼我彤管❽。彤管有煒❾，說懌❿女⓫美。

自牧⓬歸荑⓭，洵⓮美且異。匪女⓯之爲美，美人之貽。

注釋

❶其姝　其，意即如此。姝，音ㄕㄨ，美好的樣子。

❷俟　音ㄙˋ，等候，等待。

❸隅　音ㄩˊ，角落。

❹愛　「薆」字之假借，意謂隱藏。

❺踟躕　音ㄔˊ　ㄔㄨˊ，猶言徘徊。

❻孌　音ㄌㄩㄢˇ，美好。

❼貽　音ㄧˊ，贈送。

❽彤管　彤，音ㄊㄨㄥˊ，紅色。舊說彤管為赤管毛筆；一說為紅色簫笛；另一說為紅色管狀植物，即第三章之荑。

❾有煒　即「煒煒」，色彩鮮明的樣子。

❿說懌　說，音義通「悅」字。懌，音ㄧˋ，喜悅。

⓫女　通「汝」字，指彤管。
⓬牧　郊外。
⓭歸荑　歸，音ㄎㄨㄟˋ，同「饋」，贈送。荑，音ㄊㄧˊ，初生之嫩茅，俗名茅針。
⓮洵　音ㄒㄩㄣˊ，實在，確實。
⓯匪女　匪，非。女，同「汝」，指荑。

問題討論與習作

一、請選一首你所喜愛的的現代情詩，試著比較它與〈靜女〉在情感方面表達的異同。
二、孔子認為「詩可以興，可以觀，可以群，可以怨」，試就〈靜女〉一詩加以分析。

擊鼓

佚名

導讀

〈擊鼓〉一詩選自《詩經．邶風》，〈詩序〉以為此詩是衛人埋怨州吁用兵暴亂，「怨其勇而無禮」而作；近人則多以為內容是戍卒因為戰爭遠離家人，思歸而不可得的遺憾。

此詩是「賦」的寫法，分五章，每章四句。首章寫出征的無奈，「獨」字凸顯士兵的不甘心。次章寫輾轉征戰各地，無法返家的憂慮。三章以喪馬來影射同袍的死亡，寫出兔死狐悲的焦慮，也點出了戰爭中生命危脆的不安。四章寫對家室的思念及昔日彼此的誓言，三個「子」字點出對家室的纏綿深情。五章寫二人分離既久且遠，連用了兩個「于嗟」、「不」，凸顯不確定能否返家重聚的深深無奈和感慨。

作者

佚名。

課文

擊鼓其鏜❶，踴躍用兵。土國城漕❷，我獨南行。

從孫子仲，平陳與宋，不我以歸，憂心有忡❸。

爰居爰處❹，爰喪其馬，于以求之，于林之下。

死生契闊❺，與子成說，執子之手，與子偕老。

于嗟闊兮❻，不我活兮。于嗟洵兮❼，不我信兮。

注釋

❶擊鼓其鏜　鏜，音ㄊㄤ。鼓聲敲得咚咚響的樣子。

❷土國城漕　古時稱都城為「國」。土和城在此都當動詞，在都城和漕這個地方建造城牆等防禦工程。

❸有忡　憂心的樣子。忡，音ㄔㄨㄥ。

❹爰居爰處　爰，發語詞，相當於乃、於是。居和處是或長或短時間停留。隨著戰事順利與否而移防，指出士兵居無定所的不安定感。

❺契闊　遙遠的樣子。契，音ㄑㄧㄝˋ。生的時候，二人因為戰爭被迫分離，一旦士兵死在戰場，與妻子陰陽相隔，那就更是不可跨越的遙遠距離了。

❻闊兮　遙遠。

❼洵兮　洵，音ㄒㄩㄣˊ。洵有作「遙遠」（同上句「闊」兮）和「真的」二種解釋。

問題討論與習作

一、人生中有許多遺憾是來不及對心愛、很在乎的人說出心中的情意或感謝，請選一位對象，寫下你最想向對方說的話語。（五十字左右）

第二課　山鬼

屈原

導讀

〈九歌〉共十一篇，是古代楚地的祭神樂歌，東漢王逸《楚辭章句》中說楚地：「其俗信鬼而好祠，其祠必作歌樂鼓舞，以樂諸神。」因此，除去瑰奇華麗的辭采，明顯地可從文中想像當時人們祀神祭典的隆重盛況，以及巫者扮演神靈時的美好形象。

〈山鬼〉為〈九歌〉中的一篇。「山鬼」即「山中神靈」，舊注或以為「魑魅魍魎」，或以為其形似「猿」，甚至以為「巫山神女」。內容為楚地祭祀山鬼的樂歌，文中山鬼並未登場，通篇為祭巫設想之辭。另一說為山鬼獨唱獨舞，自述其追求愛情而終不得的悵然。

此篇前八句描繪山鬼之居處、衣著、表情、車乘及赴約時之深情。「余處幽篁」兩句為設想等待之人遲到的原因。自「表獨立兮」句以下則皆在呈現久候不至的失望與憂傷。原本是信心滿滿的「君思我兮不得閒」，為其失約尋找藉口。隨著等待時間越來越久，「君思我兮然疑作」，信任與懷疑交互並生。最後，信心終於崩潰：「雷填填兮雨冥冥，猨啾啾兮狖夜鳴。風颯颯兮木蕭蕭，思公子兮徒離憂。」以視覺的陰暗、聽覺的悽傷、觸覺的寒涼，凸顯等待落空的痛苦，此處運用「類疊」的修辭手法，更加強了悲傷的濃度。最末以「思公子兮徒離憂」作結，一片癡心卻換來更深的悲愁痛苦，全篇在無限遺憾、惆悵的心緒下收尾，令人低徊不已。

作者

屈原，名平，字靈均，生於周顯王二十六年（西元前三四三年），約卒於周赧王二十五年（西元前二七八年），年約五十四歲。他出身楚國貴族，與楚王為同姓宗室。他博聞多學，明於治亂，擅長外交詞令，曾任三閭大夫（掌楚國昭、屈、景三姓貴族），後升左徒（諫官），深受楚王信任，對內常與楚王共商國事，對外經常接待賓客、應對諸侯。後因故得罪上官大夫靳尚，靳向楚王進讒言，遂遭貶斥，流放漢北。

楚懷王三十年（西元前二九九年），楚王不聽屈原勸阻，入秦被拘，子頃襄王即位，以子蘭為令尹，屈原再度遭讒言陷害，遂二度流放江南；後因憂慮國事日非，事無可為，乃投汨羅江而死。

屈原著有〈離騷〉、〈九歌〉、〈天問〉、〈九章〉、〈遠遊〉、〈卜居〉等篇，為當時南方文學代表。西漢劉向集屈原、宋玉、景差、王褒之文，輯為《楚辭》，至東漢王逸為之作注，成《楚辭章句》。宋黃伯思《翼騷．序》云：「屈宋諸騷，皆書楚語、作楚聲、紀楚地、明楚物，故可謂之楚辭。」因這些篇章運用楚地的語言聲韻和風土物產等，具有濃厚的地方色彩，故名《楚辭》。後世就稱此種文體為「楚辭體」，又名「騷體」，為中國浪漫文學之始祖。

課文

若有人兮山之阿❶，被薜荔兮帶女蘿❷。
既含睇兮又宜笑❸，子慕予兮善窈窕❹。
乘赤豹兮從文狸❺，辛夷車兮結桂旗❻。

被石蘭兮帶杜衡[7]，折芳馨兮遺所思[8]。
余處幽篁[9]兮終不見天，路險難兮獨後來[10]。

表[11]獨立兮山之上，雲容容[12]兮而在下。
杳冥冥兮羌晝晦[13]，東風飄兮神靈雨[14]。
留靈修兮憺忘歸[15]，歲既晏兮孰華予[16]？
采三秀兮於山間[17]，石磊磊兮葛蔓蔓。

怨公子兮悵忘歸[18]，君思我兮不得閒[19]。
山中人兮芳杜若[20]，飲石泉兮蔭松柏。
君思我兮然疑作[21]。
雷填填兮雨冥冥[22]，猨啾啾兮狖夜鳴[23]。
風颯颯兮木蕭蕭[24]，思公子兮徒離憂[25]。

注釋

❶ 若有人句　好像有人在山的深處。若，好像。有人，指山鬼。山之阿，山的深處；阿，音ㄜ，彎曲的地方。

❷ 被薜荔句　被，同披。薜荔，一種蔓生植物。帶女蘿，以女蘿為衣帶；女蘿，又名菟絲花，也是一種蔓生植物。

❸ 既含睇句　兩眼含情，而且微帶笑意。睇，音ㄉㄧˋ，斜眼看。

❹ 子慕予句　子，指山鬼。予，祭巫自稱。善、窈窕，都是美好的意思。謂山鬼愛慕祭巫而善為修飾。

❺ 乘赤豹句　車乘有毛色赤褐黑紋的豹，以及黃黑斑紋夾雜的狐狸跟隨。

❻ 辛夷車句　以辛夷木為車，其上繫著桂枝做的旗幟。辛夷，香木名。

❼ 被石蘭句　以石蘭為衣，以杜衡為帶。石蘭、杜衡皆香草名。

❽ 折芳馨句　芳馨，芬芳的花。遺，音ㄨㄟˋ，贈送。遺所思，送給思念的人。

❾ 幽篁　深密幽暗的竹林。

❿ 後來　遲到。

⓫ 表　獨立貌。

⓬ 雲容容　雲湧現浮出貌。

⓭ 杳冥冥句　深遠幽暗，在白晝卻有如暗夜般。杳，音ㄧㄠˇ，深遠貌。冥冥，幽暗貌。羌，楚人發語詞，無義。

⓮ 神靈雨　神靈指雨神。雨，降雨。

⓯ 留靈修句　靈修，指山鬼。憺，安心，音ㄉㄢˋ。

⓰ 歲既晏句　謂年歲已老大，誰能再如你般讓我燦爛如花？晏，晚。孰，誰。華，音ㄏㄨㄚ，同「花」，指如花般燦爛、美好。

⓱ 采三秀句　三秀，芝草，一年開三次花，故名。於，在；一說讀為ㄨ，是「巫」的假借字。

⓲ 怨公子句　公子，指山鬼，下同。悵，惆悵。

⓳ 君思我句　君，指山鬼。閒，閒暇。

⓴ 山中人句　山中人，指山鬼。杜若，香草名。芳杜若，謂像杜若一樣芳香。

㉑ 君思我句　疑，懷疑。然，相信。作，起。然疑作，謂疑信半參。

㉒雷填填句　雷聲隆隆，下雨天色陰暗。填填，雷聲。冥冥，陰暗貌。

㉓猨啾啾兮句　猿猴啾啾的哀鳴。猨，即「猿」。啾啾，猿猴鳴聲。狖，音ㄧㄡˋ，猿猴的一種。

㉔風颯颯句　風聲颯颯，木葉蕭蕭。颯颯，音ㄙㄚˋ，風聲。蕭蕭，風吹樹木聲。

㉕離憂　即心懷憂傷。離，音ㄌㄧˊ，通「罹」，遭遇。

問題討論與習作

一、試述〈九歌〉所以得名之故，並嘗試分析其性質與藝術特色。

二、本篇寫祭巫對山鬼的纏綿依戀之情，極誠摯深刻，這種人神相戀的敘述模式，似乎極罕出現在中國文學作品中。究竟作者想透過這樣哀怨悽宛的作品，表達什麼樣的思想和情感？

第三課 志怪小說選

干寶

韓憑夫婦

導讀

本文選自《搜神記》卷十一，文中描述韓憑妻因貌美而為康王所奪，韓憑夫婦以死相殉，是一篇感人的愛情故事。

本文首段韓憑妻以十二字的隱語向丈夫表達相思之苦、相見之難與殉情之志，而韓憑也先一步自盡，兩人的深情令人動容。韓憑死後，妻子當著康王的面摔下高臺，宣誓著忠於愛情不為權勢所屈的勇氣。沒想到合葬的遺願卻因康王的阻擾，只能「冢相望」，不久奇蹟出現，兩人的墳長出大樹交錯合抱，樹上又有鴛鴦交頸，兩人以另一種形式緊緊相依。

藉由幻想——化作相思樹與鴛鴦鳥，使韓憑夫婦生死不渝的愛情得到了昇華，另外也滿足了喜歡喜劇收場的民族性，這個愛情故事，也成為後人對愛的一種理想寄託。

作者

干寶，字令升，東晉人（生卒年不詳）。晉元帝時召為著作郎，領修國史，有《晉紀》二十卷，時稱良史。性好陰陽術數，相信鬼神，撰記古今神怪靈異之事，名為《搜神記》。此書的撰寫動機主要在證明鬼神事蹟存在，因此都以記載事實的筆調描述奇異事件，書中保存下不少優秀的神話傳說與民間故事，是在諸多魏晉的志怪小說中，頗具代表性的一本。

課文

宋康王[1]舍人[2]韓憑，娶妻何氏，美，康王奪之。憑怨，王囚之，論爲城旦[3]。妻密遺憑書，繆[4]其辭曰：「其雨淫淫[5]，河大水深，日出當心[6]。」既而王得其書，以示左右，左右莫解其意。臣蘇賀對曰：「其雨淫淫，言愁且思也；河大水深，不得往來也；日出當心，心有死志也。」俄而憑乃自殺。

其妻乃陰腐其衣[7]。王與之登臺，妻遂自投臺下，左右攬之，衣不中手[8]而死。遺書於帶曰：「王利其生，妾利其死[9]。願以屍骨，賜憑合葬！」

王怒，弗聽。使里人[10]埋之，冢相望[11]也。王曰：「爾夫婦相愛不已，若能使冢合，則吾弗阻也。」宿昔之間，便有大梓木[12]，生於二冢之端，旬日而大盈抱，屈體相就[13]，根交於下，枝錯於上。又有鴛鴦，雌雄各一，恆栖樹上，晨夕不去。交頸悲鳴，音聲感人。宋人哀之，遂號其木曰「相思樹」。相思之名，起於此也。南人謂此禽即韓憑夫婦之精魂。今睢陽[14]有韓憑城，其歌謠至今猶存。

注釋

❶宋康王　戰國時宋國國君。
❷舍人　官名，王公大臣的門客。
❸論為城旦　論，定罪。城旦，一種白天禦敵、晚上築城的苦刑。
❹繆　音ㄌㄧㄠˊ，同「繚」，曲折其意，不明說。
❺淫淫　久雨不停，此指思念深長。
❻日出當心　白日將證明我心。
❼陰腐其衣　暗中腐壞自己的衣服。
❽衣不中手　衣服經不起手拉。中，音ㄓㄨㄥˋ。
❾王利其生妾利其死　君王要我活著，我卻選擇死去。
❿里人　同鄉里之人。
⓫冢相望　使兩人墳墓相對。冢，音ㄓㄨㄥˇ。
⓬梓木　木名，落葉樹，古常用作建築木料。
⓭就　靠近。
⓮睢陽　宋的國都，在今河南商丘。

陽羨書生

吳均

導讀

本文選自《續齊諧記》，為梁朝吳均所撰，然並非原創，東晉荀氏《靈鬼志》裡的〈道人幻術〉，有相近的描寫；而《譬喻經》和《觀佛三昧海經》兩部佛教經典也有類似的故事。在〈道人幻術〉裡，主角還是個「外國道人」，到了〈陽羨書生〉已變成了「中國書生」，從這種演變可以看出，當時中國如何接受印度佛教的觀念和想像力，並將其融入文藝創作中。

文章採客觀順敘觀點，藉由許彥冷眼旁觀的角度，鋪敘出包含書生在內四名男女貌合神離、背叛虛偽的情愛關係，許彥四度稱「善」，巧妙地傳達出作者的不滿與嘲弄。全篇情節波瀾起伏，寓意深刻，乃志怪小說中的佳作。

作者

吳均，字叔庠，吳興故鄣（今浙江安吉縣）人，生於南朝宋明帝泰始五年（西元四六九年），卒於梁武帝普通元年（西元五二〇年），享年五十二歲。

吳均家世寒賤，為人好學有才華，善於寫文章。梁天監初年，曾任吳興主簿，並兼建安王偉之記室，掌文書翰林之事。曾經上表要求撰寫《齊春秋》，後因事被免職。不久又被召見，撰寫《通史》，但〈本紀〉只有草稿，只完成〈世家〉，〈列傳〉尚未完成就去世。

《梁史》本傳云：「文體清拔有古氣，好事者效之，號為『吳均體』。」著作有《廟記》十卷、《續文釋》五卷、文集二十卷等。《續齊諧記》為續東陽無疑《齊諧記》而作。

課文

陽羨[1]許彥，於綏安[2]山行。遇一書生，年十七八，臥路側，云腳痛，求寄鵝籠中。彥以為戲言。書生便入籠。籠亦不更廣，書生亦不更小，宛然[3]與雙鵝並坐，鵝亦不驚。彥負籠而去，都不覺重。

前行，息樹下，書生乃出籠，謂彥曰：「欲為君薄設[4]。」彥曰：「善。」乃口中吐出一銅奩子[5]，奩子中具諸餚饌[6]，海陸珍羞[7]方丈。其器皿皆銅物。氣味香旨，世所罕見。酒數行，謂彥曰：「向⑧將一婦人自隨，今欲暫邀之。」彥曰：「善。」又於口中吐一女子，年可十五六，衣服綺麗，容貌殊絕。共坐宴。俄而⑨書生醉臥。此女謂彥曰：「雖與書生結好，而實懷外心。向亦竊得一男子同行，書生既眠，暫喚之，君幸勿言。」彥曰：「善。」女子於口中吐出一男子，年可二十三四，亦穎悟可愛，乃與彥敘寒溫⑩。書生臥欲覺，女子口吐一錦行障⑪遮書生。書生乃留女子共臥。

男子謂彥曰：「此女雖有情，心亦不甚盡，向復竊得一女人同行，今欲暫見之，願君勿洩。」彥曰：「善。」男子又於口中吐一婦人，年可二十許。共讌酌⑫戲談甚久。聞書生動聲，男子曰：「二人眠已覺。」因取所吐女人，還納口中。

須臾⑬書生處女乃出，謂彥曰：「書生欲起。」乃吞向男子，獨對彥坐。然後書生起，謂彥曰：「暫眠遂久，君獨坐，當悒悒⑭邪？日又晚，當與君別。」遂吞其女子，諸器皿，悉納口中。留大銅盤，可二尺廣，與彥別曰：「無以藉⑮君，與君相憶也。」

彥太元⑯中爲蘭臺令史⑰，以盤餉侍中⑱張散，散看其銘題，云是永平⑲三年作。

注釋

❶陽羨　漢魏六朝縣名，故城在今江蘇省宜興縣南。

❷綏安　縣名　南朝宋設置，故城在今宜興縣西南八十里。

❸宛然　彷彿，好像。

❹薄設　請人吃飯，謙稱指有粗茶淡飯。薄者，味淡也。

❺銅奩子　銅製的盛物之器具。奩，音ㄌㄧㄢˊ。

❻餚饌　各種食物。

❼珍羞　珍品美味。

❽向　之前，早先。

❾俄而　一會兒。

❿敘寒溫　閒話家常，即沒有嚴肅主題，只是閒聊而已。

⓫錦行障　錦做的屏風。錦，有花紋的紡織品，色彩鮮艷美麗。

⓬讌酌　吃喝。

⓭須臾　一會兒。

⓮悒悒　悶悶不樂。

⓯藉　贈送。

⓰太元　晉武帝年號，西元三七六年至三九六年。

⓱蘭臺令史　官名，東漢設置，主持整理圖書及掌理書奏的長官。

⓲侍中　官名，春秋始置，為丞相屬官，兩漢沿用。因侍從皇帝左右，出入宮廷，應對顧問，地位漸形貴重，至南宋廢。

⓳永平　東漢明帝年號，三年是西元六〇年。

問題討論與習作

一、韓憑夫婦的故事最後以兩人殉情作結，你是否可以為本文改寫新的結局，使兩人有機會「有情人終成眷屬」？

二、請你分析〈陽羨書生〉一文中悖於邏輯的荒誕情節，是否有何寓意。

第四課　世說新語選——許允婦

劉義慶

導讀

本篇收錄三則故事。

第一則故事寫許允婦（阮氏）誠實面對自己的缺點，適時展現自己的優點，不卑不亢，讓許允心服口服。

第二則故事寫阮氏知己知彼，化危機為轉機，幫助丈夫全身而退。

第三則故事寫阮氏看透政途險惡，預知危機，早為最壞的打算做最好的準備，終能保全孩子，化險為夷。

人縱有再高的智慧，仍難逃命運的擺弄。阮氏雖然成功地幫助許允在被魏明帝收押之後，尚能全身而退，甚至詔賜新衣，卻不因此沾沾自喜。她深知今日的無罪釋放乃因適逢明主，而無故收押已顯示出政壇上欲加之罪何患無詞，許允終遭毒手唯遲早之事。

阮氏但願諸兒愚且魯，因此諸兒自小即刻意不予涉知政事，甚至不期諸兒多才多能，皆為遽變這一天，諸兒尚能無災無難自保身命，否則父親從政多年才德兼備，母親知書達禮、洞悉人心，何以諸兒才具不多？甚至諸兒向鍾會主動問朝事，竟能坦率地暴露對政治的無知。此皆因阮氏深知自己無法阻止丈夫一步步走向悲劇，但面對諸兒恐遭牽連早已防備，最後至少保全了諸兒，展現一個母親最高的智慧和偉大。

上天誠然不斷地陷人於險境，卻無法剝奪人面對困難、解決問題的堅強毅力，許允婦只是古代一個不知名的女子，甚至貌似無鹽，在毫無優勢之下，尚能掌握命運，不被命運所打敗，真一古之奇女也。

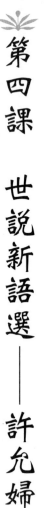

作者

劉義慶，生於晉安帝元興二年（西元四〇三年），卒於宋文帝元嘉二十一年（西元四四四年）。劉義慶本為劉裕（南朝宋武帝）弟劉道憐次子，後因叔父劉道規無子，乃過繼為嗣，襲封為臨川王。《宋書》評劉義慶：「性簡素，寡嗜慾，愛好文義，才詞雖不多，然足為宗室之表……招聚文學之士，近遠必至。」志人小説《世説新語》為其召集門下之士集體編纂而成，另有志怪小説《幽明錄》。

《世説新語》簡稱《世説》，記載漢代至東晉時期士族之軼事與言談。共分「德行」、「言語」、「政事」、「文學」等三十六門，每門收若干則，約計有一千多則小品。本書能具體反映當時士人所處的時代狀況與生活面貌，書中的人物事蹟、歷史典故常為世人所引用，語言、修辭、文評亦深具文學價值。

課文

㈠

許允❶婦是阮衛尉❷女，德如❸妹，奇醜。交禮❹竟❺，允無復入理，家人深以爲憂。會❻允有客至，婦令婢視之，還答曰：「是桓郎。」桓郎者，桓範❼也。婦云：「無憂，桓必勸入。」桓果語許云：「阮家既嫁醜女與卿，故當有意，卿宜察之。」許便回入內。既見婦，即欲出。婦料其此出無復入理，便捉裾❽停之。許因謂曰：「婦有四德[9]，卿有其幾？」婦曰：「新婦所乏唯容爾。然士有百行[10]，君有幾？」許云：「皆備。」婦曰：「夫百行以德爲首，君好色不好德，何謂皆備？」允有慚色，遂相敬重。

(二)

許允爲吏部郎，多用其鄉里，魏明帝[11]遣虎賁[12]收之。其婦出誡允曰：「明主可以理奪[13]，難以情求。」既至，帝覈問之。允對曰：「『舉爾所知[14]。』臣之鄉人，臣所知也。陛下檢校爲稱職與不？若不稱職，臣受其罪。」既檢校，皆官得其人，於是乃釋。允衣服敗壞，詔賜新衣。初，允被收，舉家號哭。阮新婦[15]自若云：「勿憂，尋還。」作粟粥待，頃之允至。

(三)

許允爲晉景王[16]所誅，門生走入告其婦。婦正在機中，神色不變，曰：「蚤[17]知爾耳！」門人欲藏其兒，婦曰：「無豫[18]諸兒事。」後徙居墓所[19]，景王遣鍾會[20]看之，若才流及父，當收。兒以咨母。母曰：「汝等雖佳，才具不多，率胸懷與語，便無所憂。不需極哀，會止便止。又可少[21]問朝事。」兒從之。會反以狀對，卒免。

注釋

❶許允　允字士宗，世冠族，明帝時為尚書選曹郎。

❷阮衛尉　阮共，字伯彥，魏尉氏（縣名，今屬河南省）人。清真守禮，官至河內太守。

❸德如　阮侃，字德如。阮共的少子，有俊才，與嵇康為友，官至河內太守。

❹交禮　即交拜之禮。

❺竟　完畢，結束。

❻會　因緣際會，剛好。

❼桓範　字允明，魏沛郡（今安徽省宿縣西北）人，官至大司農。

❽裾　《爾雅．釋器》：「衱謂之裾。」郭璞注：「衣後襟也。」

❾婦有四德　古代婦女應具備的四種德性，指婦德、婦言、婦容、婦功。

❿士有百行　語見《詩經．衛風．氓》鄭箋。

⓫魏明帝　名曹叡，字符仲，是曹魏的第二位皇帝，在位十三年，享年三十六歲。

⓬虎賁　中國古代的武官名稱，主要掌管君王貼身的禁衛宿兵。唐朝之後廢除。

⓭奪　奪取，改變。

⓮舉爾所知　《論語．子路篇》：「仲弓為季氏宰，問政。子曰：『先有司，赦小過，舉賢才。』曰：『焉知賢才而舉之。』曰：『舉爾所知。爾所不知，人其舍諸？』」

⓯阮新婦　即許允的妻子，姓阮。漢魏時婦人以「新婦」自稱。

⓰晉景王　即司馬師，字景元，司馬懿長子。以撫軍大將軍輔政，謚曰景王。

⓱蚤　通「早」。

⓲豫　通「與」，干係，關係。

⓳「墓所」　古代要守父喪三年，必須在墳墓外搭個草廬守喪。

⓴鍾會　字士季，三國後期曹魏名將。跟隨大將軍司馬師討伐叛亂時，擔任密事一職。與鄧艾統兵伐蜀，平蜀後，鍾會欲據蜀自立，卻死於兵亂之中，當時鍾會才四十歲。

㉑少　稍微，略微。

問題討論與習作

一、許允婦的「醜」在整個故事中具有何種作用？而人的外貌美醜，除了長相之外，是否還包含其他要素？當生活中發生「以貌取人」的情形，該如何突破先天的局限，面對如此不平等的對待？

二、許允婦突破哪些傳統對女性的束縛，機智地將危機化為轉機？你認為對於愛情與婚姻，女性應該主動爭取嗎？你將會如何經營你的愛情與婚姻？

三、許允婦教兒子如何應對朝廷特使？她為什麼要如此作？如果是你，會如何去面對與解決？

第五課　一個冰冷的早晨

莫那能

導讀

本詩選自《美麗的稻穗》，描寫一位按摩院的盲眼少女殘而不廢，本以為在學校習得一技之長，可以讓自己在社會上獨立自主，沒想到在工作中竟受到男性客人的惡意欺凌，弱勢女性的處境實令人不勝唏噓。

全詩以一位盲眼少女的第一人稱視角開展敘事，詩人雖因此而有意迴避使用視覺意象，卻並未侷限全詩的畫面構成。相反地，本詩透過靈巧而生動的觸覺與嗅覺描寫，精準刻劃出人物形象以及動、靜態情景，使得讀者彷若能夠切身感受盲眼少女身心靈的痛楚。

詩作中關於「時間」的設計亦深富巧思。詩人一再以括弧中的「我多麼想念……」的內心獨白，將當下際遇的現實殘酷與過往回憶的溫情暖流互為交疊，大量的意識流文學技巧之運用，成功地形塑了盲眼少女的無奈與絕望。此外，本詩開頭的「那一天，凌晨三點鐘」至結尾的「凌晨五點多」，「冰冷的二月寒氣」由「凍僵了手指頭」推進為「凍僵了我的心頭」，表現少女對於生命的一切冀盼和溫馨記憶，竟在短短的兩個鐘頭之間盡化為烏有。詩句中今昔畫面的快速切換，一而再、再而三地演繹著盲眼少女心境上的轉折，而緊湊的「時間」節奏亦為讀者帶來強烈的壓迫感，令人震懾不已。

作者莫那能因發生車禍導致失明，後來在台北所經營的按摩院乃由一群專業按摩師組成，成員全是視障者。過去有些人在接受按摩療程後，會拿玩具鈔票當真鈔給付，當視障按摩師拿著這些玩具鈔去買東西時，才發現自己受騙上當；有時候視障按摩師還會遇到惡劣的客人毛手毛腳以及藉機吃豆腐的情形。張作驥導演所執導的電影「黑暗之光」，描寫視障者以按摩為業的生活輪廓，也可幫助我們藉由影像瞭解黑暗世界的小人物。

作者

莫那能（1956—），臺東縣達仁鄉排灣族人，臺東縣立大武國民中學畢業。早年曾考上空軍機械學校，因視力問題無法就讀。為了分擔家計，莫那能離開家鄉到外地工作，做過砂石工、搬運工等粗活。一九七八年罹患弱視，期間結識了王拓、陳映真、楊青矗、黃春明等人，開始參與政治活動。一九七九年因車禍及感染肺結核，導致雙眼全盲。失明之後的莫那能，在「臺灣盲人重建院」習得專業的按摩技能，並在作家陳映真的鼓勵下從事寫作。

此後，莫那能遂將其對原住民受壓迫的悲哀與關懷，匯聚成一首首強悍有力、感人至深的詩篇。一九八九年八月，莫那能出版了第一本現代詩詩集《美麗的稻穗》。淺白的語言是莫那能的詩歌特色，《美麗的稻穗》充分反映出莫那能堅毅無比的生命鬥志，藉此交融生命與文化的力量，讓原住民在絕望、悲憤中重拾新生與喜悅。陳映真盛讚莫那能的詩：「混合了尊嚴、力道和解放熱情的獨特創意。」

課文

那一天，凌晨三點多
一通電話震動了空蕩按摩院
我從溫睡中被叫醒
老闆說，客人正在飯店等著
鑽出了被窩，穿好衣服

冰冷的二月寒氣
馬上凍僵了手指頭
（我多麼想念家裡的那張小床
在我熟悉的角落等著疲倦的我）

柱著白盲杖
跨上摩托車
彷彿是限時專送般地
飛馳在寂然無聲的街道上
刺骨的北風在耳邊咻咻作響
我的手指頭如化石般地緊握著
想要保住掌心裡僅剩的那絲溫暖
（我多麼想念那個熱心的大學生
在和暖的陽光下幫我報讀）

敲開客人的房門
迎來一陣刺鼻的酒味
「先生，您那裡酸？那裡痛？」
他抓著我的手按在跨下❶說：
「這裡最酸，這裡最痛。」
不一會兒
只聽到電視裡傳來陣陣的淫愛聲
他從肩頭拖下我的手
往我胸前摸過來
（我多麼想念重建院❷前
那一排梔子花❸的花香啊！）

我急急地摸出門
跌撞聲和呼叫聲在飯店的走廊
零零碎碎地迴響著

心裡急盼著：好心人啊你在那裡？
可是，一隻看不見的手
卻揪住我的頭髮
陣陣破口叫罵聲
瞬即掩過[4]了我的叫喊聲
（我多麼懷念童年的四合院裡
玩伴們遊戲時的嘻笑聲）

掙扎呀掙扎
遺落了襯衫扭扣
遺落了少女的尊嚴
只抓到下樓的欄杆
心裡急盼著：好心人啊你在那裡？
可是，一隻看不見的腳
卻踩在我背上

一記重重的推踢
把我踢到樓下的櫃台邊
（我多麼懷念小學門口前的石階
媽媽一級級地扶我下來的滋味）

掙扎呀掙扎
遺落了白盲杖
遺落了盲人的方向
我爬到櫃台前
櫃台小姐卻狠狠地丟下一句話：
妳這樣得罪客人
以後不准來這裡按摩
（我多麼懷念盲校畢業時
那份想要進入社會前的新生勇氣）

那一天，凌晨五點多
我被送回空蕩的按摩院
激動的心情無法停下來
老闆說：要忍耐，要忍耐
掀開了被窩，脫下衣服
冰冷的二月寒氣
馬上凍僵了我的心頭

注釋

❶ 跨下　「跨」應為「胯」，「胯」指腰的兩側和大腿之間。

❷ 重建院　一九五一年在台灣視障教育的啟蒙者兼創辦人孫理蓮的努力，以及許多地方熱心人士的支持下，重建院得以誕生。所謂「重建」，即「生活重建」、「職業重建」之意。

❸ 梔子花　又名玉荷花，常綠灌木，原產於中國，枝葉繁茂、芳香素雅，為庭院觀賞植物。梔子花期需經過漫長的等待，冬天孕育花苞，夏天才會開放。梔子花花開之後蓬勃向上，生機盎然，常給予人充滿希望與喜悅的氣息。

❹ 掩過　「掩」應為「淹」，覆蓋之意。

問題討論與習作

一、在你的生活周遭是否曾遇過性別不平等的情況，試舉印象深刻的例子説明之？

二、性別平等教育已行之多年，但各個場域的性騷擾事件卻層出不窮，如果事情發生在你身上，你會如何因應呢？

飲膳與行旅

第一課　和子由澠池懷舊／蘇軾

第二課　愛玉凍歌之二／林資修

第三課　鯽潭月夜泛舟／章甫

第四課　走過箭竹草原／劉克襄

第一課　和子由澠池懷舊

蘇軾

導讀

本詩選自《蘇軾詩集》。蘇軾兄弟早年應試時，曾住宿澠池（今河南省澠池縣）寺舍，題詩僧房牆壁之上。到了仁宗嘉祐六年（西元一〇六一年），蘇軾自京師赴鳳翔府（今陝西省鳳翔縣）出任簽判，弟子由送至鄭州而別。途經河南澠（音ㄇㄧㄣˇ）池，接獲子由寄來的一首詩，題為〈懷澠池寄子瞻兄〉，詩云：「相攜話別鄭原上，共道長途怕雪泥。歸途還尋大梁陌，行人已渡古崤西。曾為縣吏民知否？舊宿僧房壁共題。遙想獨遊佳時少，無言騅馬但鳴嘶。」自注云：「轍曾為此縣簿（主簿），未赴而中第。」蘇軾於是作詩應和之，本篇就是他的和詩。所謂和（音ㄏㄜˋ），就是依照他人原詩的韻腳作詩。

此詩上半段泛論人生形跡，虛幻無定，有如「雪泥鴻爪」，很快就消失。然而，飛鴻不復計慮這些，總是昂首奮飛，一往直前。下半段既答和子由「僧房壁共題」手足情深的往事，也驗證前半段「雪泥鴻爪」的比喻。老僧與壁上題詩都如「雪泥鴻爪」消失不見，但兄弟共同度過的艱辛旅途，則永誌於心，歷久彌新。所以，這首詩在人生無常──「變」的喟嘆中，仍然含有對生命的懷戀，對舊事的眷念；正是這些「不變」的情，才使得大千世界精彩而珍貴。

作者

見蘇軾〈定風波〉一文作者欄。

課文

人生到處知何似？應似飛鴻踏雪泥。
泥上偶然留指爪，鴻飛那復計東西。
老僧已死成新塔❶，壞壁無由見舊題❷。
往日崎嶇還記否？路長人困蹇驢嘶❸。

注釋

❶老僧已死成新塔　昔日所見的老和尚已經去世了，新添了一座骨塔。老僧，指數年前投宿澠池僧寺時所見的奉閒和尚。塔，安葬和尚的建築物，形高頂尖。

❷壞壁無由見舊題　牆壁已經損壞，無從再見到舊日的題詩。舊題，舊時所題的詩。蘇轍〈懷澠池詩〉自注云：「昔與子瞻應舉，過宿縣中寺舍，題其老僧奉閒之壁。」

❸蹇驢嘶　瘦弱的驢子在鳴叫。蹇驢，行動緩慢、瘦弱的驢子。蹇，音ㄐㄧㄢˇ。嘶，音ㄙ，鳴叫。本詩的末句蘇軾自注：「往歲馬死於兩陵，騎驢至澠池。」當日艱辛的情況於此可見。

問題討論與習作

一、在此詩中，蘇軾告訴弟弟應以何種態度來面對世事的變化、人生的離合？

二、有哪些成語或典故是源自蘇東坡的作品？請舉出三個例子，並分析其膾炙人口的原因。

第二課　愛玉凍歌之二

林資修

導讀

此詩出自西元一九三四年連橫主編的《臺灣詩薈》。第八號〈臺灣漫錄〉。連橫仿效南北朝竟陵王蕭子良準備瓜飲甘果、邀請文人賦詩雅集之舉，向臺灣詩壇發起以「愛玉凍」為題目的徵詩活動。林資修以〈愛玉凍歌〉二首應試，本文為第二首。愛玉凍是受臺灣平民百姓喜愛的解渴飲料，作者第一首描寫愛玉子的發現經過，第二首為記敘愛玉其人其事，並說明愛玉凍的製作方法，在客觀的敘事中結合浪漫幻想，引用許多典故，為以臺灣風物為主題的代表作。連橫嘉許林詩，推崇為描寫愛玉凍難能可貴之作。

作者

林資修（1880—1939），字南強，號幼春，晚號老秋，臺中霧峰林家子弟，曾與林朝崧、林獻堂、連橫等人創立「櫟社」，與蔡惠如等人創「臺灣文社」，與胡殿鵬（南溟）、連橫（雅堂）並稱為日治時代的三大詩人。

課文

車驅六月羅山❶曲，一飲瓊漿❷濯❸炎酷。

食瓜徵事❹話當年，物以人傳名愛玉。
愛玉盈盈❺信可人，終朝采綠❻不嫌貧。
事姑未試羹湯手❼，奉母依然菽水身❽。
無端拾得仙方巧，擬煉金膏❾滌煩惱。
辛勤玉杵搗玄霜❿，未免青裙踏芳草。
青裙玉杵莫辭難，酒社茶棚宛轉傳⓫。
先挹⓬秀膚姑射雪⓭，更分涼味月宮寒。
月宮偶許遊人至，皓腕親擎水晶器。
初疑換得冰雪腸，不食人間煙火氣。
寒暑新陳近百秋⓮，冰旗⓯滿眼掛林楸⓰。
誰將天女清涼散⓱，一化吳娘⓲琥珀甌⓳？

注釋

❶羅山　即諸羅山。清朝臺灣設諸羅縣，縣治諸羅山，後改為嘉義縣，即今嘉義市。

❷瓊漿　神仙所飲用，顏色如美玉的可口飲料。此處指愛玉凍。

❸濯 音ㄓㄨㄛˊ，洗去塵土汙穢。此處指愛玉凍飲用後消暑解渴。

❹食瓜徵事 食瓜一詞典出《南齊書・竟陵王子良傳》：「子良傾意賓客，天下才學皆游集焉。夏月客至，為設瓜飲及甘果。」此處指連橫以「愛玉凍」為題目徵求詩作一事。

❺盈盈 指女子容貌秀美，姿態美好。

❻采綠 指終日辛勞工作。《詩經・小雅・采綠》：「終朝采綠（菉），不盈一匊（掬）。」綠，借作「菉」，乃草名。

❼事姑未試羹湯手 此處指主角愛玉仍未出嫁。唐張籍〈新嫁娘〉：「三日入廚下，洗手作羹湯。未諳姑食性，先遣小姑嘗。」

❽菽水 豆和水，指飲食簡單，生活勞苦。此處謂詩中的主角愛玉，雖然家境貧寒，卻能孝順奉養母親。《禮記・檀弓下》：「子路曰：『傷哉！貧也，生無以為養，死無以為禮也。』孔子曰：『啜菽飲水，盡其歡，斯之謂孝。』」唐李商隱《李義山文集・祭韓氏老姑文》：「弓裘望襲，菽水承歡。」

❾金膏 仙人所賜靈藥。

❿玉杵搗玄霜 此處描寫愛玉凍製作過程。玉杵，玉製的舂杵。玄霜，仙人所賜靈丹妙藥，比喻晶瑩剔透，此處指愛玉子。

⓫宛轉傳 這裡指以愛玉為飲食的習慣，逐漸為臺灣百姓所接受，輾轉散播於民間。

⓬挹 一ˋ，採摘。

⓭姑射雪 姑射，指神仙或出塵脫俗的美人。《莊子・逍遙游》：「藐姑射之山，有神人居焉，肌膚若冰雪，淖約若處子。」

⓮近百秋 此處指愛玉子於清代道光年間被臺人發現，到連橫首次舉辦徵詩之舉，已經將近百年時間。

⓯冰旗 此處指賣愛玉冰的招牌旗幟到處樹立。

⓰林楸 楸，ㄑㄧㄡ，樹名，樹材可造船、製棋盤等。

⓱清涼散 藥名。宋趙令畤《侯鯖錄》三：「劉子儀侍郎三入翰林，頗不懌，……移疾不出，朝士問候者繼至，詢之，云虛熱上攻。石中立滑稽，在坐云：『只消一服清涼散。』」

⓲吳娘 此處指吳地女子，又名「吳娃」、「吳姬」。唐白居易《長慶集》二十〈對酒自勉〉：「夜舞吳娘袖，春歌蠻子詞。」

⓳甌 ㄡ，瓦器。

問題討論與習作

一、臺灣是美食王國，各地區都有代表性的地方美食，請分享你品嚐家鄉美食的美好經驗。

二、中國飲食文化博大精深，請分享所聽聞或閱讀過以食物為主題的種種民俗、傳說、文學創作等等，並發表感想。

第三課　鯽潭月夜泛舟

章甫

導讀

本詩為七言律詩，出自連橫《臺灣詩乘》。作者曾於乾隆四十九年（西元一七八四年）與友人結伴至鯽魚潭遊玩，寫下〈鯽魚潭遊記〉，文中說：「搢紳先生、騷人墨客登臨嘯詠，則距城東北五里許之鯽魚潭為最。」且云：「春遊最佳，月夜尤勝。」本詩即寫出在秋天晴朗的夜晚，在潭面上泛舟的悠閒情致。

鯽魚潭位於臺南府城東門郊外，被稱為「東湖」，又多產鯽魚，故稱「鯽魚潭」，曾有官員在此祈雨求解旱，又稱「龍潭」，東望可遠眺烏山山脈，富山光水色之美，一直為文人騷客眷愛的著名景點。

根據《永康鄉志》的記載早期附近皆為海域，稱為大灣海峽，後海水漸退，方有鯽魚潭出現。清初時期水量豐沛，肩負著地方上灌溉、漁業、旅遊的重要任務，然而因天災（水患、旱災），以及人為的工事（將乾涸的潭面開闢為耕地），至道光初年左右，滄海桑田，終至大部分的水潭成為荒地，現今遺跡僅留下臺南崑山科技大學校區中一池水潭，供後人想像憑弔。

作者

章甫（1760—1816），字文明，號半崧，臺灣縣（今臺灣省臺南市）人。曾三次渡海赴京應試，皆落第不中，遂絕意仕途，教書於鄉里之中，詩文俱佳，當時人推許為高士。

《臺灣詩史》稱其詩：「最多攬勝……長於寫景，其詩音韻鏗鏘，意境悠揚，不但琅琅可誦，亦復引人遐思。」著名作品有〈臺郡八景〉與〈臺邑八景〉，著有《半崧集》六卷。

課文

十里寒潭淨碧流，❶歌聲風送月明舟。
雲山倒挂千層畫，天水交融一色秋。
宿鷺連拳圍玉鏡，❷躍魚噴沫碎金毬。❸
江亭上下隨波去，人在冰輪❹轉處遊。

注釋

❶淨碧流　淨，音ㄐㄧㄥˋ，同「淨」字。指潭水清澈明淨。
❷宿鷺連拳圍玉鏡　連拳，同「連蜷」，音ㄌㄧㄢˊ ㄑㄩㄢˊ，指夜晚水鳥卷曲身軀的休息身姿。玉鏡，比喻明亮如鏡的滿月倒影。
❸金毬　指水中的圓月倒影。
❹冰輪　指天上的一輪滿月。

問題討論與習作

一、請參閱章甫〈遊鯽魚潭記〉，並至現今鯽魚潭遺跡崑山科技大學「崑山湖」實地踏查，發表一篇〈遊崑山湖記〉。

二、請結合耆老訪問及文獻資料，上臺介紹自己家鄉著名的名勝景點。

三、如果有一天你要勇闖天涯，最想要去的是哪個地方？請介紹這個地方，並說明非去不可的原因。

第四課　走過箭竹草原

劉克襄

導讀

本文原載於民國八十五年（西元一九九六年）三月八日《中央日報》副刊，後收入蕭蕭主編的《八十五年散文選》，主要描寫作者優游於高山箭竹草原的自然觀察體驗，引領讀者進入一片草原王國，分享攀登高山的樂趣。

第一段點出高山帶給作者源源不斷的生命力量，運用修辭技巧及新詩作品，將箭竹草原意象呈現出來。第二段描寫不同季節變化，表現出時間感。第三段進入草原中自然生態的細部觀察，作者利用擬人法及視覺豐富的形容詞，美麗高山植物，一一展現風姿，接下來筆鋒一轉，描寫靈動的動物居民，原先靜態草原變成生機勃發的天地。末段呼應開端，回歸自身心境，以收束全文。

臺灣自然文學的寫作，自七〇年代由韓韓、馬以工等人首開風氣，表達了對公害、污染，保育等問題的關懷。此類作品主要表達人與自然、人與土地的互動，自然環境成為紛擾塵世的滌清力量。自然文學作家透過文字表達對自然生態的關注，可以是小說、散文、詩或記錄性文字等各種體裁。

作者

劉克襄（1957—），本名劉資愧，臺中縣人，文化大學新聞系畢業。年少時夢想成為棒球、橋牌國手；在海軍當兵時，瘋狂迷上了鳥與鯨魚。從事創作的早期熱中於臺灣土地探險及鳥類的觀察，後轉而專注自然觀察旅行、歷史旅行與舊路探勘，是詩人、小說家、自然觀察者與臺灣史旅行研究者。

他的作品多樣而繁複，共有三十餘種著作，動物長篇小說《風鳥皮諾查》、《座頭鯨赫連麼麼》，細膩編寫大自然的故事；文學繪本《不需要名字的水鳥》、《鯨魚不快樂時》，以詩人之心、畫家之筆，描繪純真澄澈的赤子心；《快樂綠背包》、《山黃麻家書》出現了親子的對話與思考，延伸出對現代社會的反思；《福爾摩沙大旅行》、《臺灣舊路踏查記》則充滿對歷史人文的關注，啟發讀者從另一個角度認識臺灣島嶼。作者曾獲吳三連獎、時報新詩推薦獎等。

課文

我常常跟朋友說，無論事情再怎樣忙，每年都要爬一次高山。只要站在三千公尺以上的高度就好了，那種感覺會像是許久之後，再回到家鄉一樣的心情。我會感覺到一種高山的特殊清新；同時，聞到寧靜之味，那是生命裡無可替代的章節，生活裡必然要實踐的工作。

每次意興飛揚地提到時，高山的意象也會迅速浮現我的腦海。那樣的高山有時會是荒涼而冰冷的碎石坡，或者是雲霧繚繞的針葉樹林；可多半時候，它是一望無垠的箭竹❶大草原；草原裡，一條曲幽的羊腸登山小徑，優雅地蜿蜒在綺麗的稜線上。幾個登山人背著色彩鮮艷的大背包，傴僂其間，像詩人鄭愁予〈霸上印象〉所形容的那樣：

巨松如燕草
環生滿池的白雲
縱可憑一釣而長住
我們　總難忘襤褸的來路❷

如果不是常爬山的岳友，如果不是經過高山草原的鳥瞰，在那兒長期縱走的詩人，不可能寫出這種感受的詩句。愛山者如這位詩人前輩，正是早年的登山健將。

回到箭竹草原的印象，確實便是如此浪漫的景觀。高山箭竹草原，在我的旅行裡從來就不是理性的空間。寒原有它嚴肅、冰冷的狀態；針葉林則在山霧來去間變化莫測；它卻是百分之一百的感性場域。

不管是踟躕❸八通關❹、蹀踱❺審馬陣❻，或者是徜徉能高❼安東❽的越嶺線；甚至只是開車抵達合歡山頂，從頂峰遠眺，玉山箭竹構成的草原之情境，就會像春天的攀藤，從腳前迅速蔓生到我的胸臆，成為生命裡最寬廣的綠地。

可是，想像歸想像，若要我選擇前往的時節，想要帶回這樣美好的記憶，我只鍾情於五六月的時日前往。

我可不願選擇酷熱的七八月，在草原疲於奔命。整張臉和手臂抹著油膩的防曬油，還要戴個太陽眼鏡，穿著長袖，緊裹住汗水涔涔滴落的身子，像個到阿爾及利亞沙漠行軍的法國士兵；到了晚上入眠時，更留下一個通紅的鼻子和痠痛的脖子。

在冬季時，我更不願意冒霜雪之苦，與烈風之吹刮，穿著濕濘的厚褲子，踩踏在泥濘的山徑。光是看草原的箭竹爲何比針葉樹林的特別低伏，隨便用大腦想也知道，秋冬之日，它是如何受到天候左右。沒錯，你會告訴我，冬天登高山，那會是一種辛苦的甜蜜回味，而且是一種難得的經驗。但我的年齡，也快接近啄木鳥可以準備啄洞的那種樹幹。這種爬大山的經驗，恐怕要更年輕的傢伙，抱持著決心登頂和縱走的情懷去磨練了。

五六月是什麼樣的光景呢？對喜歡賞花的我，它擁有不同波段的好時光。

通常，五月初時，許多高山植物的芽苞像懷胎三月的婦人，肚子已然鼓脹，等待著綻放。常見的紅毛杜鵑更是躍躍欲試，隱隱探出花瓣之頭。等到登山人熱絡地經過高山草原時，草原已是一片奼紫嫣紅的花海。是誰說的呢？好像是希臘神話裡的意象吧？也可能後來的詩人都承襲的這種意象，反正大家都會認定，這裡是眾神的花園。

可惜，杜鵑的花季如漲潮之去來，持續個三四星期，一年一度的嘉年華會便結束了。所幸，另一個節慶之祭典又開始了。

上半場是個人秀，後半場可是團體表演。草叢堆裡，金黃裡洋溢出高雅氣息的玉山小蘗。[9]小徑旁，深藍而含蓄的爲阿里山龍膽。[10]也有純白帶棕褐的臺灣百合，兀自挺立著瘦弱的身姿。而暗紫的臺灣黎蘆，永遠保持著一種古典的矜持。它們總會吸引我，忍俊不住，耽擱了一天的行程，像那些貪吸花蜜的熊蜂，停留下來，徜徉在箭竹草叢裡。

我更喜歡在小徑裡尋找動物的蹤影。翅膀退化的高山虎甲蟲，[11]經常會走動在箭竹的小徑上，尋找螞蟻的蹤影。還有深褐色的蝗蟲，牠們似乎是各地箭竹叢的優勢族群，活潑而大膽地，跳躍在這個天敵不多的地帶。而北方人家廚房裡的灶馬，[12]竟活躍於臺灣的箭竹草原裡，其實也意味著，這個高緯度的環境和北方的空間，有著雷同的生態環境。

我的最愛或許是遇見雪山草蜥[13]了。這種看來神祕兮兮的爬蟲，可是臺灣分佈最高海拔的蜥蜴，也是這個地區簡單食物鏈的高階動物。遇到高階動物，總像是在外太空的旅行裡，遇到了來自地球的生物一樣，叫人興奮。

當然，鎮日追尋著高山白腹鼠[14]的黃鼠狼，依舊不會放過這塊樂園的。有時，遠遠地便看到一條黃褐色的身影，大膽地穿梭於眼前的箭竹叢裡，快速來去。看似迴避，又好似觀察。我常有一種不好意思的心理，總覺得自己是不速之客，驚嚇了牠們的正常作息。

草原來去，走過的也不知凡幾。箭竹不變，我可是髮鬢漸白，漸漸失去魯迅先生撰文的那種「世故」。也或許，因爲自然觀察，絕少沮喪憂狂，只是心境上難免還有些變遷。

晚近，我對箭竹草原又有了新的情緒。現在最大的享受，說來都覺得不可思議。素來喜歡直撲爬山的我，年紀大了，竟然貪戀著風景，而不再囿於小花小蟲。在草原的廣闊視野下，我也不耽溺於緩緩散步。還會想好好坐下來，什麼事都不做，就地找一處石塊，和背包一起休息，煮水，撥弄一些茶磚，泡起濃濃的普洱。

等把茶之味和山之景都品茗夠了，再架起背包，繼續在三千公尺的山稜線前進。或許，年紀大到無法再上山之前，這將是我在高山箭竹草原的最後姿勢了。

注釋

❶箭竹　植物名，高不過一丈，節間三尺，質地堅硬可製箭，故稱為「箭竹」。

❷鄭愁予　鄭愁予（西元一九三三年生），本名鄭文韜，河北省人。美國愛荷華大學藝術碩士，曾任美國愛荷華大學東方語文系講師。著有詩集《夢土上》、《窗外的女奴》、《鄭愁予詩集》等多種。本文所引〈霸上印象〉收錄於《鄭愁予詩集．五嶽記》。

❸踟躕　音ㄔˊ ㄔㄨˊ，徘徊不前的樣子。

❹八通關　古道名，清光緒元年（西元一八七五年）總兵吳光亮率領粵軍三營，開闢橫貫臺灣中央山脈的北、中、南三路。西自南投竹山、社寮分別開鑿，二路線至新寮合而為一，東經鳳凰山麓，由和社、東埔進入八通關，抵大水窟後，翻越中央山脈脊嶺，循樂樂溪北岸東下，至花蓮玉里，全程約一百五十三公里，路寬約二公尺。

❺蹀踱　音ㄉㄧㄝˊ ㄉㄨㄛˋ，走來走去、焦慮不安的樣子。

❻審馬陣　審馬陣山，又名夜珍加羅惠山，是攀登南湖北山的必經之地，高三千一百四十一公尺。

❼能高　能高山在臺灣省東部，南投縣與花蓮縣交界處，高三千二百五十二公尺。

❽安東　安東即安東軍山。安東軍山位於南投縣仁愛鄉及花蓮縣萬榮鄉的交界處，高三千零六十八公尺。

❾玉山小蘗　多年生落葉有刺灌木。蘗，音ㄅㄛˋ。

❿阿里山龍膽　臺灣特有種，龍膽科，花冠成闊喇叭狀，花瓣十裂呈一大一小相間排列，顏色呈紫藍色。

⓫高山虎甲蟲　一種昆蟲，體長約五六公分，身上的色彩鮮艷，背上、腳上皆有黃色斑紋。

⓬灶馬　一種昆蟲，無翅，頭小，觸角呈絲狀，甚長。背駝起，故俗稱「灰駱駝」。

⓭雪山草蜥　臺灣特有種，主要分佈在海拔一千八百至三千公尺之臺灣中部偏北雪山山脈山區。

⓮高山白腹鼠　臺灣鼠科動物，以植物的果實、根莖及嫩葉為食，擅爬樹。

問題討論與習作

一、本文作者將造訪高山箭竹草原，視為滌清煩擾的方法，現代人生活壓力大，你是否可以分享自己的看法，提出幾種解除壓力與煩惱的方式？

二、請就你個人與大自然接觸的心情與感受，提出來與大家分享。

應用文

應用文概說

書信

企劃文書

履歷自傳

應用文概說

一、應用文的定義

應用文，顧名思義即是有別於純文學，應用於日常生活之中的文體。茲引吳椿榮先生的界說以見其概：凡人與人之間，各級政府間，政府與（法人）團體間，事業機構間，或個人與政府、（法人）團體、事業機構間，為處理公、私事務，表達情愫、意思、期望等所使用具備一定形式或約定成俗之有組織之文字、文章，而為彼此所共同依循，並據以撰作、運用之文體[1]。

據此，我們可歸納應用文所具備的條件有四：

(一)對象——包括個人與個人，個人與政府、團體；或政府與政府、政府與團體，以及團體與團體等。

(二)內容——處理公、私事務。

(三)功能——具有社交、表達立場、請求、訴願、宣誓、訂立共同準則等作用。

(四)形式——具備一定形式或約定成俗之有組織之文字、文章，而為彼此所共同依循。

二、應用文的種類

社會急遽變遷，社會型態日益複雜、多元，人與人的關係也日趨緊密，舉凡衣食住行、婚喪喜慶的場合和時機，都免不了應用文的使用，因而應用文的種類也十分繁多。其中與吾人關係最密切，撰寫、使用機會最多的，包括：公文、契約、規章、會議文書、書信、便條、名片、柬帖、廣告、啟事、對聯、題詞、慶賀文、祭弔文、標語、簡報、演講詞、文告、信用狀、存證信函、書狀、感謝狀、自傳、履歷表、企劃文書等。本書從中挑選日常生活中，一般學生最可能接觸的幾個項目，如：公文、契約、書信、便條、名片、存證信函、自傳、履歷表、簡報、研究報告、企劃文書等加以解說，並介紹書寫方法和要領，以期能應付生活需求。

三、應用文的形式需求

一般說來，寫作應用文，有幾個基本的要點必須要把握：

(一)確定格式、擬定主文

應用文的種類繁多，並有固定的格式和專門用語，有些是政府機關頒定，有些是約定俗成，寫作時，不可自創體例，任意揮灑，如各行所是，必然貽笑大方，徒留話柄。確立格式之後，則擬定內容，務必明確說明主旨，令人一目了然。

(二)決定對象

應用文在寫作之前，要先確定對象，以便使用合乎身分的用詞和用語。如公文投遞的對象分上行、平行和下行三種，書信的寫作對象則分長輩、平輩和晚輩，依照彼此的關係不同而有不同的措詞，不可混淆，以免表錯「意」，會錯「情」。

(三)標注時空

應用文必須標明清楚的時間，年、月、日最好都完整記載，如是約定時間，宜在日期之後，注明星期日數，如民國九十四年六月二十四日（四），有特殊需要則應加上時刻，場所和地點則視情況決定是否標注。

四、應用文的寫作要領

應用文的寫作要領應包含以下幾項：

(一)首重實用，切合事實

應用文偏重在實用性，與以想像、美感為要的文學作品不同，所以內容應就事論事，不可空洞膚淺，甚而言不及義，含混其事，徒增困擾。

(二)文字簡明通達

流暢的文氣，通順的文句，有助於掌握內容主旨，而應用文既是大眾應用的文章，應以達意為原則，力求簡潔扼要，避免咬文嚼字，賣弄學問，以免以詞害意，令人無從領會。

(三)雅俗共賞

應用文應顯明易解，讓一般大眾無須逐字推敲即可了然於胸，但遣詞造句也切忌粗言穢語，過於俚俗，使人心生不悅，應具備一般文化素養，方能得體適用，應付裕如，達到雅俗共賞的境地。

(四)符合時代潮流

應用文既是日常生活所用文字，內容、文字、口吻都應符合時代需求，過時的官僚口吻、階級觀念、虛假客套的文辭、冷僻晦澀的典故都應避免使用。

五、如何寫作應用文

除了常見的書信、便條、名片之外，大部分的應用文種類雖常見於生活周遭，但也僅只於觀賞閱讀，臨到自己上場寫作，才發現不知從何下手，那麼一個入門者要如何寫好應用文呢？以下有幾個參考的方向：

㈠多練習、多充實

所謂一回生，二回熟，三回就上手，寫好應用文的不二法門就是多練習。另外，人稱：「臺上三秒鐘，臺下三年功。」應用文的寫作也是如此，有賴於深厚的底子，所以平時就應多充實一般知識和法律常識，累積經驗，就能左右逢源，斐然成章。

㈡參考前例

任何事情從無至有，都是艱難時候，應用文的寫作也是如此，格式、措詞、用語最教人傷腦筋，所幸坊間有不少範本可以參考，用前人之例作為參考，是最簡便也是最穩當的作法。吾人若有機會應該蒐集好的範例，以備不時之需。

㈢多多請益

應用文雖為日常生活的實用文體，但每個人的狀況條件都不同，所以口吻、目的、需求也不同，雖然有前例可循，但依然要小心謹慎。所謂他山之石，可以攻錯，完成文稿之後，最好多方請益，別人的一個指點，勝過於自我半天的摸索，有了經驗豐富的人幫忙過目，更能確保正確無虞。

㈣熟知格式用語

寫文章，最怕落入俗套，但寫應用文最怕自創套數。應用文有固定的用語用詞，一旦使用錯誤，輕則令人一笑置之，重則影響文件的法律效力，不可不慎。本書除說明不同種類應用文所需的格式外，也附上標準的用語、用詞，以供寫作時作為參考。

書信

書信可分二大部分，寫在信封上叫封文，信箋上的叫箋文。書信的對象多為父母、親友、師長、同學或同事，雖然不一定要以傳統格式書寫，但下筆時卻須尊重對方，注意應有的禮貌，陳腔濫調之詞最好避免使用。

一、封文的結構

(一)中式信封

1.格式：以白紙中間印紅色長框的為最大方（如有服喪者，應自印藍線長方框使用）。可分框右欄、框內欄、框左欄。

2.結構：

(1)受信人地址，寫在長方框右邊空白處中間（框右欄又稱右路）。如有機關團體或公司行號，可分兩行書寫，地址在右邊，公司行號在左邊（須比地址高一些）。

(2)受信人的姓名、稱呼、啟封詞，頂格寫在長方框的中間（框內欄又稱中路）。

(3)發信人的地址與姓名和緘封詞（框左欄又稱左路），寫在長方框左邊空白處下端（約三分之二處）。

茲舉例如左：

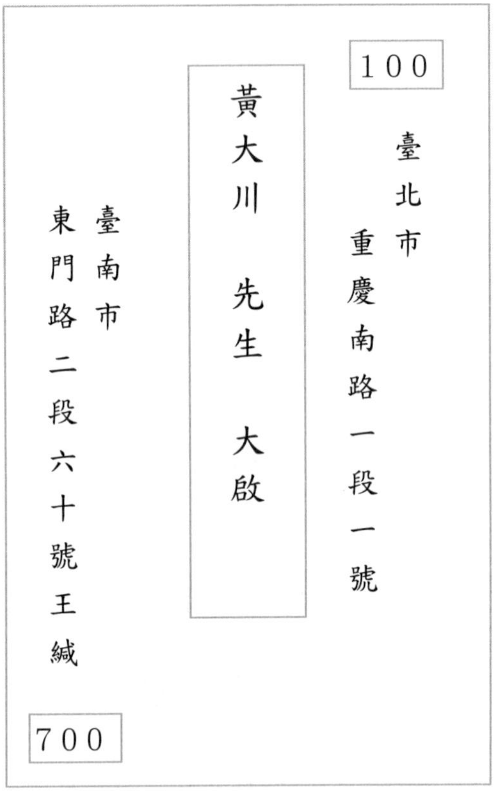

3. 寫法：

(1) 框右欄：

收信人的地址第一個字不可高於框內欄受信人的姓，而且字體要略小一些，以對受信人表示尊敬。若是寄到受信人服務的機關或公司行號，那麼受信人服務的機關行號或公司行號的名稱一定要抬頭，即第一個字要和受信人的姓平齊。

(2) 框內欄：

受信人的姓名、稱呼、啟封詞，字與字之間的距離一定要勻稱，只有受信人的姓名、稱呼最下面一個字和啟封詞最上面一個字之間，可有較大的距離。受信人的姓可以頂框，但不可觸線；啟封詞最後一字可以抵框，但不可觸線。封文上的側書是對受信人表示尊敬、禮貌，只能用在受信人的名或字號，不可用在受信人的稱呼或職位，也不可用在啟封詞；且只用在依「姓、稱呼（職位的）、名」之順序的組合，若用先生、小姐等一般稱呼，則不適用側書。以下四式皆屬正確：

黃大川　先生　大啟

黃經理　大川　大啟

黃大川　經理　大啟

黃經理　大川　大啟

(3)**框左欄**

發信人的地址與姓名和緘封詞（又稱左路），寫在長方框左邊空白處下端（約三分之二處）。受信人是長輩要用「謹緘」，是平輩或晚輩可用「緘」。使用名信片時只能寫臺收或收，發信人只能寫寄。

4.**啟封詞**

(1)對祖父輩可寫福啟。

(2)對父執輩可寫安啟。

(3)對師長可寫道啟。

(4)對直屬或有地位的長官可寫鈞啟。

(5)對一般的平輩可寫臺啟或大啟。

(6)對晚輩可寫收或啟。

(7)不論長、平、晚輩希望受信人親自拆信閱讀，可寫親啟。

(8)對居喪之人可寫禮啟或素啟。

(二)西式信封

1.**格式**：採用純白色或淺灰色為宜。

2.**寫法**：

(1)受信人的姓名與地址，寫在信封的中間（姓名在上，地址在下）。

(2)發信人的姓名與地址，寫在左上角。

(3)郵票貼在右上角。

3.**範例**：

116
臺南市光華街十號王緘　　　　郵票

100
黃大川　先生　大啟
臺北市重慶南路一號

二、箋文的結構

㈠前言

1.稱謂：發信人士對受信人的稱呼，如父母親、○老師、○先生、○姪等。

2.提稱語：請受信人察閱之意，如父母親大人膝下、吾兄大鑑、吾姪如晤。

3.起首應酬語：述說正事之前的客套話，如「數月不見，別來無恙」。

㈡正文

這是箋文的主體，並沒有一定的法式，只須語氣誠懇、條理清楚即可。

㈢結語

1.結尾應酬語：以配合正文或雙方交情為原則。如「敬祈　笑納」。

2.結尾敬詞（請安問候語）：箋文結束時，向受信人表示禮貌之意。如「專此」、「肅此」（敬語）、「敬叩福安」（問安語）。

3.自稱、署名、末啟詞：自稱依相互關係而定，側右略小書寫以表示謙遜。署名絕不可用字、號替代，關係近者不必寫姓，如「弟○○鞠躬」。

4.寫信時間：可在末啟詞右下、左下，也可在其正下方成兩行書寫。

5.補述或附候語：若有遺漏而必須補寫，位於署名的次行用「再」或「又」，正式的信以不附附候語、補述語為宜。

三、信箋的寫法

㈠信箋

1.中式：對長輩或比較客氣的人，最好用紅線的八行或十行信箋。如寫弔唁信則應用純白色或印有藍線的素色信箋；非不得已，用紅線的信箋時，宜在上端加寫「代素」兩字。

2.西式：通常用白色或淺灰色信箋。

㈡墨色

1.中式古以毛筆書寫為宜，今則用藍色或黑色簽字筆、原子筆均可。

2.西式以鋼筆書寫，墨色藍黑不拘，墨色若為紅色則不宜，因其含有絕交之意。

㈢字體

1.對長輩祝賀、弔唁要用正楷書寫。

2.對平輩及普通朋友寫信，可用楷書或行書，唯不可過於潦草。

㈣行款

1.中式：由右而左，自上而下，在行線中書寫，必須一行到底，較為美觀。如祝賀、弔唁或比較鄭重的信，要寫滿八行或十行，才算得體。其次，單字不成行（一行中最少應兩字以上），一行不成頁（一頁至少要兩行以上）。

2.西式：直寫、橫寫均可。

(五)抬頭：尊敬對方之意

1.平抬：換一行至另一行第一字平頭寫起。
2.挪抬：在原行中空一格寫。

(六)稱人

1.稱對方的尊親、家屬、師長等，應加一「令」字，如令尊、令妹。
2.稱對方的先生或太太，應加一「尊」字，如尊夫人、尊夫君。
3.對方的眷屬，應加一「寶」字，如寶眷。
4.稱對方父子、兄弟、夫妻，應加一「賢」字，如賢喬梓、賢昆仲、賢伉儷。
5.稱對方的朋友，應加一「貴」字，如貴友。
6.稱對方已故的尊屬，應加一「先」字，如令先伯父。

(七)自稱

1.稱自己的尊親屬，應加一「家」字，如家嚴（家父）、家慈（家母）。
2.稱自己的眷屬，應加一「敝」字，如敝眷。
3.稱自己的幼輩，應加一「舍」字，如舍弟、舍妹。
4.稱自己的子孫，應加一「小」字，如小兒、小女。
5.稱自己已故的親屬，應加一「先」、「亡」或「故」字，如先兄、亡弟、故友。
6.若居父母喪於百日內，在自己的姓之下、名字之上的右端，縮小加一「棘人」；若居喪百日之外至三年期間，則加一「制」字。

(八)稱地

1. 稱對方的籍貫、家宅、機關、學校、公司行號等，應加一「貴」字，如貴府、貴校、貴地、貴公司、貴寶號。
2. 稱自己國家、居所、學校、公司行號等，則加一「敝」字，如敝國、敝居。

(九)摺疊

1. 先在信箋正面一「直摺」，次在三分之二處「橫摺」。受信人稱謂在外，自己署名在內，摺成恰好能裝入信封為度。
2. 裝信封時，不可顛倒及反面放置。
3. 信箋不可反摺，因為反摺乃「報凶」或表示「絕交」之意。

四、書信範例

(一)自薦類

○○經理：

久仰　貴公司業務鼎盛，制度完善，乃大學畢業生夢寐以求的理想工作環境；本人也一直以能到貴公司服務為最大的心願。

本人畢業於○○大學○○系，在校期間對於○○和○○科頗有心得；曾在○○公司擔任○○工作一年，後應徵服役，在軍中所擔任的工作，與在校所學及公司所擔任的工作，性質相接近，自信具備相當水準的專業能力。

　貴公司為全國同業的盟主，規模之大，分支機構遍佈海內外，本人所學及具備的專業能力，相信能符合　貴公司的要求，所以冒昧自薦。至於本人過去的能力和熱忱，有在學成績證明單、公司的證明函以及軍中獎狀可供參考，謹隨函附上，敬請鑑察，如蒙應允面試，不勝感激。專此，並頌

籌祺

晚○○○敬啟○月○日

㈡友人失戀

○○：

　昨天在○兄家裡聊天，談起你的近況。據他說你因為失戀，這學期以來，非常沮喪，又時常蹺課，成績退步了很多。乍聽之下，我簡直不敢相信，當年意氣風發、豪情萬丈的你，竟然會為了兒女私情而落得如此。這是真的嗎？

　你和她（我不認識）交往的詳細情形我不太清楚，大道理我也不會說，但總認為我們的年紀、思想尚未定型，學業尚未完成，事業還待開創，真說談戀愛，那未免太早了吧！我倒不是老古董，也承認異性間的交往有其教育的功能，但「天涯何處無芳草」，無須因一次失意，就像世界末日已經到來似的，你說是嗎？

　說了半天，可能有些「隔靴搔癢」，這樣吧！找個假日（由你訂），我們聚一聚，聊聊天，或許能提供你一些意見，到底是「旁觀者清」呀！祝

開心

○○謹上○月○日

企劃文書

一、企劃文書的意義與功能

「企劃文書」是針對特定目標或問題，為求能按部就班、有效率地順利完成、解決，因而事先進行策劃、制訂實施方針、擬定進行步驟的文書。一般多以為企劃文書屬於職場上使用的「工商性文書」，實際上它的運用範圍極為廣泛，除了公司行號的創立、商品的開發、商場上的廣告行銷、傳播媒體的節目製作等；其他如：公私部門政策的推行、軍事的調度、舉辦慶典、會議、研習、旅遊活動、展開研究計劃，乃至於班級活動的策劃、個人生涯規劃等等，都可事先將其作業方式之程序結構書面化，期使活動結果與預期目標一致。

二、企劃文書的種類

企劃文書依據實際撰寫內容，可分成性質不盡相同的兩類：計劃書與企劃書。「計劃書」類似說明書，是在業經確定實施範圍的基礎上，針對既定目標進行細節規劃，進而擬定具體可行的實施方案。計劃書的主持人通常由首長或領導者擔任，而將構想或計劃大綱交由執行幹部或下屬進行細部討論、策劃而形成文案，例如〈教育部輔導輟學生返校研習會計劃書〉、〈○○科技大學九十○學年度第一學期國際標準舞社辦理社區中小學社團發展企（計）劃書〉。「企劃書」則類似申請書、建議書，是將尚未定案的構想或提案，事先規劃出清楚的藍圖，以說服他人、提出申請的文書，通常是「上行」的。企劃書的審核者，大都是具備批准或駁回權力的長官、客戶，或是打算說服其合作的對象，例如〈○○科技大學○○系學會迎新晚會企劃書〉。雖然計劃書與企劃書的制訂背景有別，但在撰寫之前的準備工作、構思的運用原則、格式的設計安排等方面，兩者頗為相近，一般人通常也不加以細分，因此可以通稱「企劃文書」。

企劃文書依其規劃事務範疇的大小，又可以分為策略性企劃與一般性企劃（或稱技術性企劃）。「策略性企劃」是指範圍較大且具整合性的長程或大型計劃，如公司創辦人、經營者或學術研究計劃主持者對投資對象、申請對象所提出的具前瞻性的規劃文書（創業計劃書、營運計劃書、研究計劃書）等屬於此類。「一般性企劃」主要是單項的執行計劃，或是用來支持策略性計劃的子計劃，如範圍較小、執行時間較短的各類研習、促銷、會議、旅遊等活動計劃書屬之。策略性企劃文書的擬定與執行需要豐富且深入的專業知識，且其計劃書的篇幅通常相當龐大；一般性企劃文書通常內容比較單純，而對執行細節的敘述，則更加具體周密，因此下文即以適合校園學生學習應用的一般性企劃書為主（特別是活動企劃案，如舉辦迎新、送舊晚會、園遊會、舞會、班級旅遊、戲劇表演、跳蚤市場等），說明其撰寫基本結構與要點。

三、一般性企劃撰寫基本結構

一件企劃文案的完成，必須經過許多先前的作業：界定主題或設計方向、蒐集資料、整理資訊、創意思考、分析歸納、擬定策略、選擇可行的方案，而後才能寫成完整的企劃書。然而企劃書並不像公文、簽呈一類的文書有固定的格式，因著企劃對象的不同、計劃性質的各異，企劃書的體裁和構成內容與包含項目也會有所不同，一般而言包含以下各項，在撰寫時可視實際情況調整：

㈠企劃案名稱：置於企劃書最前端，獨立一行：較正式或篇幅較長的則宜獨立在一頁成為封面。企劃案名稱必須具體清楚，例如「如何加強學生語文能力企劃案」這樣的名稱就不夠完整明確，應該修正為「○○科技大學九十○學年度加強學生英語能力企劃案」。企劃案名稱必要時可以採用在簡明的主標題之後，另加副標題以做說明的方式。

㈡目錄：簡易的企劃書不須目錄，內容較豐富複雜、篇幅長者則宜有目錄，以使閱讀者迅速了解企劃案全貌與需要的內容所在。

㈢目標與宗旨：說明辦理此項活動的主要目標與緣由，所述目標應明確、具體。為增加企劃案之說服力，可以特別凸顯其理想與重要性，譬如實施加強英語能力方案之後，學生英文檢定成績提高百分之十、具備閱讀原文教科書的能力等。

㈣策劃執行單位：載明主辦（策劃或權責）單位、承辦（執行辦理）單位、協辦（支援）單位、贊助（提供財物）單位、指導（上級）單位之名稱。

㈤參與對象：對於參與活動人員或單位的限制說明，報名資格與報名時間、地點等相關規定。

㈥活動時間與地點：載明活動舉行的起訖時間與確實地點。舉辦時間是否恰當，地點是否交通便利、場地是室內或室外、大小是否適宜、停車位問題可否解決等，關係著報名參加人數之多寡、參加人員之流通，甚至活動可否如期、成功地舉行，因此事前應審慎考量。

㈦活動方式：主要是靜態或動態活動形式的說明，如校慶系列活動，靜態活動有校史資料展、教學成果展等；動態活動有校慶慶祝大會、校運會、園遊會等。

㈧活動內容：即活動的具體項目與內容，這是活動企劃的主體。敘述時，可視情況用條列或表列（行程表、流程表等）方式來做說明，也便於執行時按表操課。

㈨工作分配：將可運用的人力進行分組和任務分配，包含籌備與執行兩方面的工作成員組成。撰寫時，此部分最好也表格化，以求一目了然；而權責畫分務必清楚（盡量避免「機動支援」之類組別），以免發生爭執推諉的情況。

㈩所需資源：評估活動進行各階段所需要的各種資源，如器材道具的製作或洽借，接送交通工具、駕駛之安排等，都須事先規劃妥當。

⑪籌備時程：指活動的先期籌備內容與進度。召開籌備會議，可以協調、推展、分工各項業務，是不可或少的進行步驟。

⑫經費預算及來源：針對活動籌劃與執行過程中所需經費做估算及編列，宜用表列形式，務求仔細明白；而所列項目、經費應取信於人，不虛列浮報。

㈫預期成果：根據所掌握的資料情報，預測企劃案實施後的效果，特別要檢視是否和「目標與宗旨」的內容相配合。

㈬替代方案：執行時可能產生的突發狀況或變數之因應，如天候改變、天災發生時另行設計的備案。

㈭附錄：如交通路線圖、製作企劃所用的參考資料等。

四、企劃文書撰寫要點

㈠撰寫前應廣泛蒐集資料，多加觀察、比較、思考，做好準備工作。

㈡企劃書是一套日後行動的準則，因此各項規劃、實施內容、工作分配、經費來源，乃至備案等，都須經過可行性的評估。

㈢撰寫者對於整個方案應了然於胸、通盤掌握，深具創意與自信心，如能清楚分析執行的可能性與困難度，或是成果的利弊得失，更能增加說服力。

㈣企劃書之內容與訴求要能符合各關係人或單位的價值取向與目標。撰寫完後也要檢視：閱讀者或執行者能否清楚明白計劃書中所述之意圖與內容？

㈤企劃構想以發揮創意與想像力為貴，但企劃文書卻以易寫、易讀、易懂為尚。故在結構上應力求簡潔嚴謹，提綱挈領；文字敘述則應簡明通達、條理分明，避免長篇大論與冗詞。

㈥多加利用圖表、流程圖的方式來表達，更容易讓人理解接受。

㈦正式的企劃案最好使用電腦打字，同時加以美編排版、設計精美的封面。

五、企劃文書範例

○○科技大學九十○學年度第一學期國際標準舞社辦理社區中小學社團發展企劃書

一、主　旨：配合教育部推展「大專院校社團資源帶動社區中小學社團發展」方案，藉由舞蹈藝術發揮敦親睦鄰，友愛社區的精神，並提升國中小學社團活動的多元文化之發展。

二、指導單位：教育部

三、主辦單位：○○科技大學課指組、○○縣永仁國中輔導室（舞蹈班）

四、承辦單位：○○科技大學國際標準舞社

五、負責人員：王○○老師

六、活動時間：九十○年十月一日到十二月十五日；每週一下午三：三○到六：○○或週三下午三：三○到六：○○（每週一次）共計九次（若遇期中考則停上一次）。

七、活動地點：○○縣永仁國中活動中心或舞蹈教室

八、參加對象：○○科技大學國標社資深社員、○○縣永仁國中對舞蹈運動有興趣者。

九、活動內容與教學進度（如附件一）。

十、經費預算（如附件二）。

十一、本企劃經校長核定公佈實施，修訂亦同。

附件一、活動內容與教學進度

週次／日期	課程項目	課程內容
第一週	國際標準舞	開訓活動、國標舞介紹、有氧運動介紹、團舞活動
第二週	拉丁舞科（CHA CHA CHA）	基本步、扇形步、hand to hand
第三週	拉丁舞科（CHA CHA CHA）	紐約步、側形步、組合動作一
第四週	拉丁舞科（CHA CHA CHA）	組合動作二、組合動作三、組合動作四
第五週	拉丁舞科（CHA CHA CHA）	複習組合運動、驗收成果
第六週	有氧舞蹈（拉丁有氧）	基本方形步、twins twins、有氧組合一、有氧組合二
第七週	有氧舞蹈（拉丁有氧）	麻花步、跑跳動作組合一、跑跳動作組合二
第八週	有氧舞蹈（拉丁有氧）	高衝擊動作介紹、分組編排、驗收成果
第九週	成果發表	結訓活動、各組成果展現

附件二、經費預算表

甲、收入　25,000元

1. 教育部訓輔經費輔助　25,000元

乙、支出　25,000元

1. 膳費　17,856元（32人×62元×9次）
2. 資料袋費　6,400元（32人×200元）
3. 雜費　744元

〇〇科技大學九十〇學年度第二學期慶祝創校四十週年校慶園遊會企劃書

一、主旨：慶祝本校創校四十週年校慶，結合社區產業特色，促進師生情誼，特舉辦本園遊會。

二、日期：九十〇年五月一日（星期日）

三、時間：上午十時至下午三時

四、地點：本校排球場及手球場

五、主辦單住：學生會

六、承辦單位：童軍團

七、指導單位：課指組

八、班級園遊攤位設置：

1.攤位：四技一年級、二技一年級每班至少提供一個攤位，四技二、三、四年級各班以自由報名參加為原則。

2.攤位位置於四月二十八日（星期四）中午十二時至十五時在活動中心二一二室抽籤決定，並領取園遊券。

3.篷架由學生會負責架設，如有用電需求請事先向學生會登記。

4.篷架上嚴禁使用鋼線穿破帆布或用雙面膠黏貼，違規造成破損者除須賠償外，另沒收該單位清潔保證金。

5.每攤位繳交壹仟元攤位費用及參佰元清潔保證金（合計壹仟參佰元）。

6.園遊會結束請各攤位自行負責環境清理，並請學生會工作人員檢查，檢查通過後，始退還清潔保證金，未清理或清理不乾淨者，沒收清潔保證金，轉請雇人清理。

7.園遊券兌換不另抽成，照原點數兌換現金於五月一日（星期日）下午三時十分至活動中心二一二室兌換，逾期恕不退還。

8.全校學生每人購買園遊券乙張（每張伍十元），由各班總務股長統一收齊，連同攤位報名表、攤位費及清潔保證金一併於四月二十一日（星期四）中午十二時至十五時繳交至活動中心二一二室。

9.園遊會攤位，不得外包廠商經營，若發現有外包情形，得勒令停止營業活動，並簽懲負責承辦同學。

10.攤位報名表，班級須經導師、系主任及課指組審查通過始可。

11.攤位設計及活動內容以學術性活動為原則。

九、請營繕組提供電源。

十、園遊會會場，當天擬請生活輔導組派員協助維護秩序及安全。

十一、攤位報名表（如附件一）。

十二、經費預算（如附件二）。

十三、工作分配（如附件三）。

十四、工作進度（如附件四）。

十五、本案經學務處審查通過後，陳請校長核定公佈實施，修訂亦同。

附件一、攤位報名表

攤 位 報 名 表

班級：　　　　　負責人：　　　　　聯絡電話：

攤位名稱	攤位活動性質、內容簡述	審查意見（請簽章）		
		導師	系主任	課指組

用電申請：□是　□否

說明：

一、報名表連同

1. 攤位費、清潔保證金合計壹仟參佰元。
2. 班級園遊券款項（全班每人伍十元）一併請於四月二十一日（星期四）中午十二時至十四時繳交至活動中心二一二室。
3. 攤位位置於四月二十八日（星期四）中午十二時至十五時在活動中心二一二室抽籤決定，並領取園遊券。

二、篷架上嚴禁使用銅線穿破帆布或用雙面膠黏貼，違規造成破損者除須賠償外，另沒收該清潔保證金。

三、欲使用電者，請自行準備延長線，並事先向學生會登記告知。

四、園遊券兌換不另抽成，照原點數兌換現金於五月一日（星期日）下午三時十分至活動中心二一二室兌換，逾期恕不退還。

附件二、經費預算

一、收入		$100,000元
1.訓輔經費補助	$40,000元	
2.攤位費收入（1,000元／位）	$60,000元	
二、支出		$100,000元
3.帳棚搭設（600元／位）	$36,000元	
4.一桌五椅（100元／位）	$ 6,000元	
5.園遊券印刷費	$ 6,000元	
6.服務處歐式帳棚	$ 700元	
7.服務處一桌與躺椅20張	$ 500元	
8.電路架設	$ 8,000元	
9.廣播音響設備及發電機	$20,000元	
10.童軍營門搭設	$20,000元	
11.會場佈置	$ 800元	
12.雜項支出	$ 2,000元	

備注：第7、8項由訓輔經費輔助，其他各項由攤位收入支付。

附件三、工作分配

顧　　問：李創辦人○○先生、李董事長○○先生

主任委員：楊校長○○先生

委　　員：黃學務長○○先生、黃教務長○○先生、吳總務長○○先生、冷總教官○○先生

監　　督：陳主任○○先生

會　長：黃瑞吉
副會長：王耀昌
執行幹事：洪立人
總策劃：黃瑞吉
執行策劃：莊景能
營門架設：童軍社
場內秩序：服務部委員會
場外交通：糾察隊及童軍社
宣　傳：公關部委員會
攝　影：福利部委員會
總　務：總務部委員會

附件四、工作進度

四月七日　第一次會議
　1.內容說明　2.各組工作分配　3.宣傳方式與進度表
四月十四日　第二次會議
　1.追蹤各組進度　2.攤位檢視
四月二十一日　第三次會議
　1.追蹤各組進度　2.工作人員行前會
四月三十日　第四次——佈置會場
　1.攤位佈置檢驗　2.發電機及廣播音響架設
五月四日　第五次——工作總檢討

六、問題討論與習作

㈠試為系學會擬定一份迎新晚會企劃書。
㈡試擬一份個人的生涯規劃書。

履歷自傳

一、前言

現今的社會，是一個充滿變數的社會，沒有人可以預測未來的走向，也沒有人可以控制未來的發展，然而，這並不表示我們在面對不確定的未來，只能一味地留在原地，躊躇不前。愛默生說：「溜薄冰，安全繫於速度。」以目前不景氣的就業市場來說，想要找到一份符合自己所學又志趣相當的職業，除了努力積極外，別無它法。

這裡所謂的努力積極，意思是指在履歷表和自傳的撰寫上，下一番苦工夫。履歷自傳，是人們為了求職而展開的行銷策略，它的重點在於有步驟、有方法地自我介紹，只要掌握到寫履歷自傳的訣竅，求職之路就能踏得從容穩健；相反地，若填寫的內容不恰當或者方向偏離主題，無論外部的設計有多美觀，也吸引不了公司主管的注意。

大多數人都以為，履歷自傳只是整理自己過去的學經歷背景，因此不用提早準備，其實，擁有這種想法的人，注定要在競爭激烈的社會中吃盡苦頭。要知道，填寫履歷自傳，態度是決定性的關鍵，如果真的害怕畢業即失業，那麼，最好在大二、大三時，就仔細構思履歷自傳的內容，書寫的時候，可以依市面上所販售的格式為基礎，然後再針對不同的工作性質逐步擴增、變化。求職沒有任何捷徑，唯有事前充分地練習，才能讓自己立於不敗之地。

二、履歷表、自傳的用途與類型

㈠履歷表的用途與類型

履歷表是一種以填寫個人學經歷為主的表格。目前市面上所販售的履歷表，包括履歷卡、履歷表、履歷自傳表、公務人員履歷表、英文履歷表等五種。

㈡自傳的用途與類型

每個人在學期間都寫過自傳。自傳，簡單地說就是書面的「自我介紹」，它是用文字來展現我們的能力和經歷，讓學校老師對尚未謀面的我們有最初步的了解與認識。同樣地，一份充實又有內涵的自傳，也可以讓我們在眾多的應徵者中脫穎而出，引起企業主管對於我們的興趣，進而爭取到面試的機會。

自傳的類型，依它的撰寫內容，大略可分為兩種：⑴生平自傳：此類自傳，大都以文章來表達自己的人品、個性及生活理念；⑵求職自傳：此類自傳，則是透過自我推銷的方式，來凸顯自己的適任性。以目前的趨勢看，求職自傳是比較實用而通行的書寫規格。

三、撰寫履歷自傳應有的態度

履歷自傳要寫得好，往往取決於態度（attitude）。美國作家格蘭特說：「如果你有自己繫鞋帶的能力，你就有上天摘星的機會！一個人對待生活、工作的態度，是決定他能否做好事情的關鍵。」態度積極的人，於撰寫履歷自傳之前，一定會靜下心來檢驗自己的個性、技能與學經歷，並且在自我剖析的過程中，重新發現自己。

靜下心、仔細思索自己的過去，其實正是撰寫履歷自傳不可缺少的良好態度。每個人都有過去，而那段過去，或多或少都有一些令自己得意非凡的成就或傷心失意的遭遇，認真地審視過去所發生的事情，不僅可以讓我們從中知道自己的優勢與不足，學習用不同的方式因應現況，還可讓我們在進入職場後，清楚地知道自己的定位。可見，自我剖析既是對過去的生命負責，也是對未來的生活負責。

有鑑於此，撰寫履歷自傳的時候，應該妥善運用自己的思考能力，誠實地看待自己的興趣、專長，並且反覆地思索自己的人格特質，那麼未來所投入的工作領域，將會是比較接近自己理想的人生舞臺。然而，要怎麼樣自我剖析才能達到預期的效果？簡單地說，可以從專業技能、社會經驗、人際關係、個人特質等四個方面來進行設問：

㈠專業技能

1. 我在學校修過哪些專業課程？
2. 我的專業課程學習成績如何？
3. 我是否具有專業課程的相關證照？
4. 除了本科系專業課程外，我選修或旁聽過跨領域的非專業課程？
5. 我是否具備統合專業課程與非專業課程的能力？

㈡工作經驗

1. 我曾經做過哪些工作？
2. 這些工作需要什麼樣的專業技能？
3. 我所從事的每一項工作，服務的時間有多久？
4. 哪一項工作真正讓自己樂在其中？

5.我從過去的工作經驗中學到了什麼？

㈢人際關係

1.我是否會主動關心他人？
2.我是否能快速地融入團體生活？
3.和他人相處時，是否會產生良性競爭？
4.我渴望在他人口中得到什麼樣的讚譽？
5.在團體之中，我是否具有溝通協調的能力？

㈣個人特質

1.我是否是個樂觀、進取、有自信的人？
2.我是否會隨時彌補自己的不足？
3.我有危機處理的能力嗎？
4.平日是否有閱讀的習慣？
5.每個階段的人生目標是什麼？

總之，這個社會沒有找不到的工作，只有找不到人生方向的工作態度。如果我們在撰寫履歷自傳的時候，能夠多花一些時間覺知自己的心性、傾聽自己的聲音，一旦工作機會來臨了，相信你我早已做好最完善的準備迎接它。

四、履歷表的撰寫

㈠如何撰寫履歷表

履歷表，如前所述，是人們為了求職而整理的學經歷紀錄。它一方面顯示出應徵者的教育程度和專業能力，一方面也讓徵才公司在極短的時間內，對應徵者有最初淺認識，因此，無論是市面上現成的書面形式或是網路流行的登錄表格，書寫時都應把握下列四個重點：⑴資料必須確實無誤；⑵字體力求端正清晰；⑶內容切合工作性質；⑷表現強烈求職動機。

㈡履歷表撰寫要點分析

事實上，履歷表的基本資料、學經歷、興趣、專業技能、語言能力、應徵職務、希望待遇等項目，所能補充增益的空間不多，但是如果於撰寫的時候，能夠多留心一些細節，比方說在該寫出原因的地方附加注解，在該提供證明的事項附上文件，這樣不僅可以展現我們腳踏實地的做事態度，也可以強化公司主管對我們的初次印象。

有時候，微不足道的小細節，反而是成就大事業的主要關鍵。下面列出十二個撰寫履歷表不可不注意的小細節，提供大家參考：

1. 通訊地址：一般徵才公司應徵職員，有時間上的迫切性，因此在撰寫地址欄位時，最好附上E-Mail，方便徵才公司即時聯絡。
2. 電話：除了永久地址和通訊住所的電話號碼外，行動電話的號碼要一起寫入，方便徵才公司即時聯絡。
3. 照片：宜選擇端莊、清晰的正式照片，搞怪的生活照或者朦朧的沙龍照，要盡量避免使用，免得給人不夠沉穩的印象。

4.學歷：由最高學歷往前序列，大約寫至高中時期即可。求學期間，若有表現傑出的優良事蹟，亦可附帶說明。

5.經歷：凡與應徵職務相關的經歷，特別是過去成功的經驗，都要具體陳述，至於對爭取工作無益的部分，要避而不提。初入社會的新鮮人，則可從打工或社團經驗加以說明，並寫出自己在這段期間的收穫與感想。

6.簡要自述：若無任何經歷，可以就自己的求學過程及個性上的優點多做敘述，家庭成員的介紹不須著墨過多，否則容易偏離主題。

7.興趣：當履歷表多到令人無法辨識其間的差別時，興趣常是決定高下的關鍵，因為它多少透露出應徵者的人格特質，而人格特質正是公司主管篩選職員的必要條件，所以不要空著不填。

8.專長：專長是最能凸顯自己優勢的項目，因此下筆絕對要誠實，過度地誇大與吹噓，只會造成反效果。

9.專業技能：在學期間或出社會後所考取的檢定文件及專業證照，皆是自己有能力擔負此項職務的最佳證明，應在填寫時一併附上。

10.語言能力：以自己聽得懂、說得溜、讀得通、寫得順的國內外語言為主，若有外國語文檢定證明，可隨履歷表附上。

11.應徵職務：這個項目很重要，可是經常被忽略。許多應徵者在履歷表上，努力細數自己過人的優點，關鍵時刻，卻漏寫了為什麼想進入這家公司的原因以及所要應徵的職務，以致無緣參加面試。

12.希望待遇：若不知道如何訂定薪資的高低，在填寫之前，可以先請教長輩、朋友或直接上網蒐集相關資訊。當然，最保險的作法是注明「依公司規定」、「照一般行情」或者「面議」。

五、自傳的撰寫與範例

(一)如何撰寫自傳

自傳和履歷表一樣，都是爭取面試機會的叩門工具，不過，它的書寫方式與履歷表不盡相同。履歷表是應徵者針對求職的工作所提出的學、經歷紀錄，撰寫時要淺顯易懂，而自傳則是像自我推銷的廣告信，必須藉由生動充實的文字內涵，來襯托求職者的工作態度與人格特質，進一步吸引公司主管的目光。

根據人力銀行的調查統計，自傳被徵才公司淘汰的幾個因素，有：內容乏善可陳、表達能力欠佳、篇幅過短或過長、文章結構鬆散、資料文件不全，可見，要寫出一篇令人欣賞的自傳，確實不是件容易事。一般而言，求職自傳的基本結構，包括基本資料、求學過程、興趣專長、工作經歷、人格特質、生涯規劃及自我期許等，撰寫時應掌握下列六個重點：

1. 構思要周詳

撰寫前應就字數的多寡、抒寫的風格、文句的表達、標點的運用以及徵才公司的工作性質仔細構思，才能寫出言之有物的內容。

2. 字體要端正

字體是求職自傳給予徵才公司的最直接的印象，書寫時應保持字體的端正整齊，不可潦草凌亂。

3. 文字要流暢

自傳主要的內容，是陳述個人的工作態度與人生抱負，文字書寫通順流暢，可以反映出求職者的思路敏捷，做事井然有序。

4. 用字要平實

自傳的目的雖是自我推薦，但在遣詞用字上仍須謹慎平實，勿過度吹噓膨脹，免得面試時被一眼看穿，下不了臺。

5.格式要整齊

現在常見的自傳，大都以電腦排版的方式輸出。內容的編排，可視個人的需求調整變化，不過，字體盡量以十二級數的新細明體標準格式為主，段落縮排與間距力求整齊劃一，讓公司主管於百忙之中，可以輕鬆閱讀。

(二)自傳範例

1.【求職自傳範例一】應徵○○公司理財專員

我是張祖恩，畢業於○○大學資管系。在學四年，除了努力鑽研本科系的必修課程外（成績詳見履歷附件），還利用課餘時間，到財務金融系選修投資管理、銀行管理、信託理財、國際金融、證券市場分析、金融市場分析、個體經濟學等課程，加強跨系學程的深度與廣度。每月更會固定閱讀《商業週刊》、《哈佛商業評論》、《經濟學人》、《時代雜誌》等國內外知名刊物，培養自己的英語閱讀能力及國際視野。大四那年，考取多張相關的專業證照（詳見履歷附件），對未來想要從事的工作，充滿高度的熱忱。

大學時期，曾擔任系學會副會長，和會長一起帶領系裡幹部，舉辦過無數次的校際活動，從中學習和師長、同學溝通協調的藝術，體認到團隊默契與互助合作的重要，在管理組織方面相當得心應手。大二、大三時，曾利用寒暑假擔任慈濟義工，與一群熱心公益的師兄姐到偏僻的鄉下醫院服務，因而見識了社會各個不同階層的生活境況。藉由這個特別的經驗，我發現自己非常喜歡服務人群，看到人們帶著滿足而快樂的笑臉，便是我擔任義工期間最大的樂趣。如果將來能夠擔任理財專員一職，我有充分的把握，在面對與客戶溝通的過程中，可以迅速提供客戶所需要的各項資訊，讓客戶享受到最親切、最完整的服務。

我的個性樂觀開朗，人際關係良好，受挫力較一般人來得高，更隨時保有一顆積極進取的心，願意迎接任何挑戰。未來若有機會進入貴公司，我一定會不斷提升自己的專業知識，努力向前輩及主管們看齊請益，並且把份內的每一件事情做到最好，懇請貴公司給予我面試的機會。

2.【求職自傳範例二】應徵○○電腦工程師

◎幸福家庭

我是徐逸民，家住臺南市，從小生長在一個幸福美滿的家庭中。家裡有六名成員，父親服務於公家機關，母親是家庭主婦，我排行第三，上有兩個姐姐下有一個弟弟。我的父母一向嚴以律己，寬以待人，他們平日的身教言教，深深地影響了我，讓我知道未來應該用什麼樣的態度來面對自己的人生。

◎童年記趣

小時候，家裡不曾有過奢華的物質享受，精神生活卻十分充足。父母向來喜歡看書，父親常說：「書是人的靈魂之窗，要多讀書，才能擺脫胸中俗氣。」平日，全家人最快樂的時光，莫過於坐在客廳裡，一邊聽著輕柔音樂，一邊看著自己喜愛的書籍。寒暑假期間，父母也會不惜花費，帶著我們四處旅行，體驗各個地方的風俗民情，使我的童年充滿快樂的回憶。

◎○大歲月

今年六月，我將自○○大學電子工程系畢業。回顧四年的求學歷程，不論是期中、期末研究報告、各項程式設計比賽或畢業專題製作，我都願意投入更多的時間與精神，因為我相信「靜水流深」（still waters run deep）的道理，對於知識的求取，我始終堅持踏實而穩健的走每一步，所以，學業成績一直維持在班上前三名（成績單詳見附錄）。

◎情有獨鍾

在所有的學科中，程式設計是我的最愛。雖然在寫程式的過程中，會遇到許多瓶頸，不過，正如紀伯倫所言：「沒有貝蚌的痛苦，就沒有美麗的珍珠。」對於程式設計所帶來的種種問題，我總是以不屈不撓的意志去因應解決。大二至大四期間，我連續考取八張相關的專業證照（詳見附錄），並曾代表學校參加程式設計競賽，獲得全國第二名的優異成績（詳見附錄）。程式設計不僅建立了我的自信，更給了我追逐夢想的舞臺。

◎舞動人生

社團方面，我選擇了熱力四射的國際標準舞蹈社。四年來，每週在學生活動中心練習三天，直到畢業前夕不曾間斷。年度的成果發表會場上，我和夥伴們盡情地揮灑汗水，讓跳躍的音符牽動我每一根神經，翩翩起舞的剎那，我感受到生命是如此地美好。國際標準舞讓我在課業之餘，學會調和自己的情緒與壓力，未來進入職場，想必它也能在我的生活與工作間，取得最佳的平衡。

◎飛向未來

叔本華說：「普通人只想著如何度過時間，有才能的人則設法利用時間。」（Ordinary people merely think how they shall spend their time: a man of talent tries to use it.）在○大的四年期間，我孜孜不倦地吸取知識，努力以赴地培養專長，不畏艱難地接受挑戰，為跨出社會的第一步做了最完善的準備。我衷心企盼能夠進入貴公司擔任電腦工程師一職，因為電腦工程師對我而言，不只是一份工作而已，更是一生永遠的志業。

3.【推甄自傳範例三】推甄○○大學外文研究所

我是陳興寧，家住南投縣竹山鎮。父親服務於警界，母親是大學講師，我是家中獨子，從小就養成了獨立自主的性格。在我的成長過程中，父母的身教言教，一直有著舉足輕重的影響。父親常說：「一個人要贏得他人的尊敬，必須花很長的一段時間去經營，但人格破產，只須做錯一件事。」母親則告訴我：「在沒有人放棄你之前，你沒有資格放棄你自己。」他們總是提醒我，做任何事都應該謹言慎行，盡力而為。我要感謝父母對我的勉勵與關愛，讓我在往後求學的各個階段都受用無窮。

十九歲那年，我如願考上○○大學應用外語系。為了實踐長久以來「為人師表」的夢想，我自大一下學期起，隨即開始積極擬定一套升學計劃：⑴充實專業學科基礎，加強聽、說、讀、寫的能力；⑵廣泛閱讀國內外經典文學作品，儲備豐厚的人文素養；(3)利用寒暑假到國外遊學，提升自己的國際視野，因應日後瞬息萬變的工作需求。此外，為了拓展自己的人際關係，學習溝通協調及管理組織的能力，我先後擔任過班代、系學會會長、大專同學聯誼會活動組組長兼美工組組長、竹友會文書、畢聯會畢業紀念冊編輯委員等職務。期間，還曾經兩度獲得英文話劇比賽最佳演員獎以及全國大專論文比賽第三名的殊榮（成績與文件證明詳見附錄），不論是個性或能力方面，都頗受老師和同學們的肯定。

四年的大學生涯，說長不長，說短不短，卻是我求學歷程中最有成就的光輝歲月。而今，我即將自○○畢業，對於研究所的推甄，我仍將秉持踏實、誠懇的態度，為下一個階段的人生目標而努力。在國內眾多的外文研究所裡，　貴所前瞻性的教學理念，堅強的師資陣容，完備的軟硬體資源以及專為研究生規劃的住宿空間，在在令我嚮往。如果我有幸進入貴所，遇到任何學習上的困難，我一定會設法解決問題，並尋求老師和同學的協助，我想，對我而言，良師益友是研究所最不可或缺的精神資源，而貴所正可以提供這樣的環境。因此，幾經思索後，我認為貴所是我唯一不悔的選擇。雖然未來充滿變數，但是我相信只要擁有一顆謙卑上進的心，升學之路將變得無限寬廣。

㈢自傳撰寫要點分析

一份完整的自傳，代表應徵者積極負責的態度，也代表應徵者旺盛的企圖心。通常，公司主管在看完履歷表後，會藉自傳來了解應徵者的表達能力、思維模式和專業技能，因此，若想得到公司主管的青睞，邁向成功的契機，撰寫時須格外莊重謹慎。以下，提供幾個撰寫時應注意的事項：

1.字數：求職自傳的篇幅不可太長或過短，字數的控制要恰到好處，大約在六百到一千字之間。

2.文體：自傳的文體以抒情風格為佳，為了提高內容的可讀性，必要時可引用名人或經典的金玉良言。

3.語氣：勿太淺白俚俗，盡量以溫和恭敬的語氣敘述。【範例一】中，全篇的遣詞用字過於口語化，而且語氣中還夾雜著一種玩世不恭的態度，這樣的寫法，很難討好公司主管。

4.文字：公司主管在審查自傳時，從文字表達即可判斷應徵者做事是否周到。錯別字特多，說明了應徵者極可能是個粗心草率的人，此外成語的誤用，也顯示出應徵者的中文能力不佳。

5.內容：主要的重點包含學經歷、專業技能與人格特質，其餘不相關的內容不須寫入，多寫會讓人覺得贅言連篇，乏善可陳。

6.設計標題：在文章的每一段落前，下一個令人眼睛為之一亮的小標題，將使得自傳更具吸引力。

7.職業聯想：這一項對應徵者而言，非常重要。許多人對於自己所應徵的職務，缺乏職業聯想，以致把自己框在一個圈圈裡，求職的路也越走越窄。

8.強烈企圖：自傳的終極目標，就是要爭取面試機會。當人力銀行的網路履歷自傳越來越普及，當人們習慣用最簡約的文字撰寫履歷自傳時，一份用心、誠懇、有特色的履歷自傳，便能將機會緊緊抓住。換言之，直接從真實的生活體驗中切入主題，並對所要應徵或推甄的單位展現強烈的企圖心，全篇充滿自信與熱情，是頗具說服力的自傳寫法。

六、結語

生物學家巴斯德說：「機會屬於有備人。」（Opportunity favors the prepared mind.）成功與失敗的分界在於，前者永遠積極主動，後者永遠消極被動。撰寫履歷自傳，靠的就是一份積極進取的態度，用心去設計一份與眾不同的個人資料，雖然只是一兩頁的內容，卻實實在在反映出我們的做事態度和人格特質。在競爭激烈、變化快速的今日，要比別人早一步掌握先機，就是做最好的準備迎接它（機會）。

學習單

請沿虛線剪下

【生命省思】單元(一)

班級：　　　　　學號：　　　　　姓名：

《養生主》：「澤雉十步一啄，百步一飲，不蘄畜乎樊中。神雖王，不善也。」（譯文：水澤邊的雉雞，走十步才能找到一口食物，走一百步才能喝到一口水，但牠仍然不期望被養在樊籠之中。在樊籠之中，雖然精神氣足，日子卻不快活。）

錢多事少離家近，是許多人夢寐以求的工作，但魚與熊掌難兼得，如果你只有以下兩個選項可以做選擇？你會選擇薪資穩定，工作流程變化不大，朝九晚五的上班族？還是薪資不穩定，按業績計酬，時間自己分配，海闊天空任我遨遊的自由業？請說明你考量的理由和原因？

職業趨向	上班時間	薪資	工作內容	職場環境	未來期許
上班族	朝九晚五	固定薪水	流程一致	一絲不苟	穩健升遷
自由業	按己需求	足以謀生	充滿挑戰	彈性自在	只求開心

請沿虛線剪下

【生命省思】單元(二)

班級：＿＿＿＿＿＿ 學號：＿＿＿＿＿＿ 姓名：＿＿＿＿＿＿

〈三個小故事〉——答案不一樣

人生，不斷提出各種問題，等待我們的回答。譬如「宇宙存在的目的是什麼？」「生命的意義又是什麼？」問題雖然相同，但每個人的答案卻不一樣；每個時代的答案也都不一樣。問題不變，答案一直在變，因為回答的人一直在變。

在這個多變的時代裡，有什麼事情或物件是在讀大學以前，你不能做，不能要求擁有？但是，現在你被鼓勵去做，被鼓勵去追求擁有這個物件？請與同學互相分享討論，並說明理由。

以前＼現在	可以做、可以擁有	原因
不可以做、不可以擁有		
不可以做、不可以擁有		
不可以做、不可以擁有		

請沿虛線剪下

請沿虛線剪下

【親情教養】單元㈠

班級：＿＿＿＿　學號：＿＿＿＿　姓名：＿＿＿＿

家的風景：請拍攝或圖繪家人最喜歡聚集在一起、別具意義的空間，並書寫緣由。

圖：

說明：

請沿虛線剪下

請沿虛線剪下

【親情教養】單元㈡

班級：＿＿＿＿ 學號：＿＿＿＿ 姓名：＿＿＿＿

請三人一組，將〈鄭伯克段於鄢〉一段課文改編成白話劇本，以莊公、共叔段、武姜三人的對話為主，以誦讀的方式，呈現三人之間的衝突，也可包含角色的內心話。無須使用道具，老師可用單槍布幕投影背景增添氣氛，主要是對白的撰寫和誦讀時的聲音表情。

對白

武姜：

莊公：

共叔段：

請沿虛線剪下

請沿虛線剪下

【社會關懷】單元(一)

班級：＿＿＿＿ 學號：＿＿＿＿ 姓名：＿＿＿＿

張錯〈母與子〉一文呈現母子情深卻因故無法善盡孝道的遺憾與愧疚，作者雖然有孝心，卻因種種因素未能與母親同住。

1. 就你所知現代社會這是個普遍的現象嗎？
2. 當年輕人希望有充分自由的居住空間，或因婆媳問題而無法與長輩和睦相處，請問可以如何巧妙地改善或化解現實難題？

請沿虛線剪下

請沿虛線剪下

【社會關懷】單元(二)

班級：＿＿＿＿ 學號：＿＿＿＿ 姓名：＿＿＿＿

〈李花村〉文中張醫師關懷病童、大愛無私，寧願犧牲自己的生命，可以說是求仁得仁了，而作者李家同先生，即使已經退休，仍不忘號召各界為弱勢的偏鄉教育共同盡心力。

1. 請問你也注意到其他值得致敬的典範人物嗎？請說說他的一二事蹟。
2. 在社會的不同角落，你最想付出的關心對象是誰？可以怎麼做？

請沿虛線剪下

請沿虛線剪下

【生活美學】單元(一)

班級：________ 學號：________ 姓名：________

最想念的季節：「春有百花秋有月，夏有涼風冬有雪」，這四季風景，也是人生風景。你是否特別愛賞某個季節呢？在這個季節裡，曾經，你曾經很隨性地興起一種心情，自然而然地，獨自起身出門：或穿梭於城市人群中，或漫步在靜巷小弄，或寂靜地聽海邊潮聲，或徜徉遍野綠草中，或夜行星月山路……；也因為某個不期然的觸發事件，使得這趟的閒逛漫遊，湧現喜出望外的歡愉，成為日後展讀的私密記憶與幸福。

(1) 四季風光，各有韻致，你最喜歡哪一個季節？請說明理由。

(2) 請找出一首與季節相關的歌曲或詩句，並描述歌曲或詩句裡的故事或意境。

請沿虛線剪下

請沿虛線剪下

【生活美學】單元(二)

班級：＿＿＿＿ 學號：＿＿＿＿ 姓名：＿＿＿＿

〈灰色的重量〉——美好的角落

請嘗試想想，讓你感覺最自在舒服的角落，會是什麼樣的空間型態？每當你置身在這一方小天地裡，你的思緒或心境與生活日常有何不同呢？哪些是構築起這個美好角落最不可或缺的物件？在你的真實生活中，你是否擁有這樣的空間角落呢？請你描繪或敘述你理想中美好角落的樣態，並和組員們分享。

(1) 請說說你理想的美好角落在哪裡？

(2) 請寫下這個美好角落的必要物件名稱，並將此物件圖繪在下面的畫框中。

(3) 請分享你在這個角落裡的感受和經驗。

說明：

請沿虛線剪下

請沿虛線剪下

【性別與愛情】單元(一)

班級：＿＿＿＿＿＿＿＿ 學號：＿＿＿＿＿＿＿＿ 姓名：＿＿＿＿＿＿＿＿

由《詩經選》、《山鬼》、《志怪小說選》等諸文中，我們見識到了多種不同的愛情故事與類型（浪漫、相思、渴慕、專情、虛情等）。請以數位同學為一組：

(1)「各言爾志」，向同學敘述你的親身經歷或所聽聞的故事，表達你所嚮往的愛情世界與境界。

(2)推派一位代表上臺演說（以愛情為主題），由臺下同學評分，選出優勝演說家。

請沿虛線剪下

請沿虛線剪下

【性別與愛情】單元(二)

班級：＿＿＿＿　學號：＿＿＿＿　姓名：＿＿＿＿

性別平等教育已行之多年，但各個場域的性騷擾事件仍層出不窮：

(1) 在你的生活周遭是否曾遇過性別不平等的情況，試舉印象深刻的例子敘述、說明？

(2) 如果事情發生在你身上，你會如何因應呢？

請沿虛線剪下

請沿虛線剪下

【飲膳與行旅】單元(一)

班級：＿＿＿＿　學號：＿＿＿＿　姓名：＿＿＿＿

家的味道：請拍攝或圖繪一道你最喜歡的家人手作菜餚，可以就食材、味道、作法或烹調這道菜餚的人等各方面，敘述它為何讓您如此喜愛。

圖：

說明：

請沿虛線剪下

請沿虛線剪下

【飲膳與行旅】單元(二)

班級：＿＿＿＿　學號：＿＿＿＿　姓名：＿＿＿＿

請四人一組，每組規劃一份兩天一夜的台灣小旅行，請以海報紙書寫行程內容，並設計吸引人的版面，完成後，依序上台發表。各組上台完畢後，由全班同學投票選出最想實踐的超級行程。

行程規劃：

請沿虛線剪下

國家圖書館出版品預行編目資料

中文閱讀與表達 / 方怡哲主編. -- 六版.
-- 臺北市：五南圖書出版股份有限公司,
2020.09
面； 公分
ISBN: 978-986-522-209-3(平裝)

1.國文科 2.讀本

836 109012520

1XZB

中文閱讀與表達

審 訂 者— 張高評
主　　編— 方怡哲（446.5）
編 著 者— 方怡哲 邱淑珍 李建誠 林永昌 林春梅
林麗紅 陳玉惠 郭芬茹 陳雪玉 陳曉怡
張念誠 曾子玲 曾玉惠 黃韻靜 楊淑雯
葉淳媛 劉邦治 蔡美端 劉英璉 賴美惠
戴伶娟
企劃主編— 黃惠娟
責任編輯— 魯曉玟
封面設計— 韓衣非
出 版 者— 五南圖書出版股份有限公司
發 行 人— 楊榮川
總 經 理— 楊士清
總 編 輯— 楊秀麗
地　　址：106台北市大安區和平東路二段339號4樓
電　　話：(02)2705-5066　傳　真：(02)2706-6100
網　　址：https://www.wunan.com.tw
電子郵件：wunan@wunan.com.tw
劃撥帳號：01068953
戶　　名：五南圖書出版股份有限公司

法律顧問 林勝安律師

出版日期 2009年 9月三版一刷
2015年 9月四版一刷
2017年 9月五版一刷
2020年 9月六版一刷
2024年10月六版八刷
定　　價 新臺幣330元

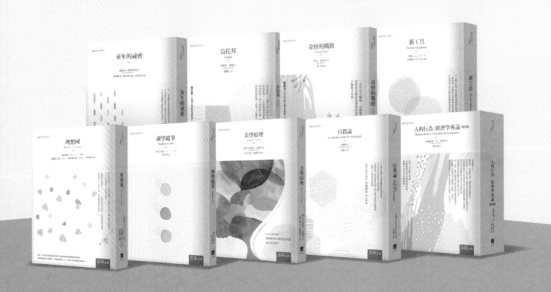